メディアワークス文庫

魔女の娘

冬月いろり

目　次

序幕
小さな魔女　5

第一部
魔女になりたい娘　9

第二部
不自由な魔女は空を飛ぶ　115

第三部
夢見た魔女　185

終幕
魔女の娘　279

あとがき　298

序幕　小さな魔女

日常の一瞬が切り取られて、美術館の絵画みたいに心に収められる瞬間がある。たとえ全てを忘れてしまったとしても、その画《え》だけは目に焼き付いた時のまま、鮮明に、心のどこかに残っている。

今日はきっといる。わからないけど、きっと。

桜吹雪《ふぶ》く中。視線で花を愛《め》でることさえせずに、ランドセルを背負った少女は頬を染めて、予感だけを頼りに走った。春にしては暑い日が続いていた。パステルカラーの空に夕日が沈み始めても、熱は残ったままでいる。

赤信号や目の前で閉まる踏切《ふみきり》に焦《じ》らされながら、少女は帰路を急《せ》いた。

（車、ある！）

コンクリートが敷かれた庭に、古ぼけた藍色の車が止まっていた。さらに車の向こう、庭の奥に、誰かの気配があった。少女はほとんどずれていないランドセルを背負い直して、誘《いざな》われるように足を進める。

庭の奥は石が敷かれ、花の一輪どころか、雑草さえ生えていない。ただ隅に、ニレの木が一本だけ、何となく居心地が悪そうに植わっている。その木の下に、ひとりの女が立っていた。女は少女に気付いているはずなのに、木を見上げたままだ。

けれど少女は、今から起こることに期待している。

唐突に、女がその綺麗《きれい》な手のひらを差し出した。少女にではなく、木に。すると彼女の手のひらに、野球ボールくらいの水の玉が現れた。それは、容器もなにもなく、強いて言うなら指に支えられるようにして、空に浮いていた。

少女の胸が高鳴る。瞬《まばた》きを忘れ、その光景に心を奪われた。

女が手のひらをまわし揺すると、水の玉は大皿のように広がり始め、皿の縁からさらに小さな水滴になっていく。それらが伸びて、繋《つな》がり、まるで水のレースカーテンのようになった。

永遠に似た一瞬。少女は絵画を心に収めた。

女は水に向かって何事かを囁《ささや》いた。言葉を聞き届けた水のレースは、行儀よく空に伸びていき、そして、逆さまに降る雨のようになった。水滴たちは乾いた木を湿らせ、朝露のごとく葉に吸い付く。

逆さまの雨に冷やされた風が、少女の元にまで届いた。その心地よさに、少女は目をつむる。

「おかえりなさい」

目を開けると、女が悪戯《いたずら》っぽい瞳で、こちらを見ていた。その言葉をこの人が使うのは、何だかおかしいと少女は思ったが、「ただいま」と返し、

「今の、魔法ね？」

秘密の話を打ち明ける時のように、囁いた。

庭の端と端。大人と子供。持つ者と持たざる者。二人の間には明確な距離があったが、当然女はその声を聞き届けたのだ。

彼女はいつも、聞こえないふりなどしなかった。

トクトク、心臓が全身に血液を送っていくのがわかる。少女の中で、新しい何かが循環し始めたのだ。それは木が、新芽に養分を与えるようなものだったかもしれない。

美しく濡《ぬ》れたニレの木を背景に、女は長いこと少女の瞳を見つめていた。やがて女は笑顔になった。とても、親しげに。

「おかえりなさい。私の小さな魔女さん」

第一部　魔女になりたい娘

1.

「どうしても、魔法学園に入りたいんです」

最後の希望を前にして、帆香《ほのか》は闘志に燃えていた。

「入学許可証は届きましたか？」

冷静に確認したのは、黒のパンツスーツを着こなす妙齢の美人だ。茶色く染めた髪を後ろで縛り、腕にはシルバーの腕時計をしている。いかにも働く女性といった感じだが、れっきとした魔女である、らしい。推測なのは、二人が初対面だったからだ。帆香はこの女性が一色双葉《いっしきふたば》という名で、魔法コンサルタントなるものをしているということしか知らない。それだって、先ほどもらった名刺の受け売りである。

帆香は首を横に振った。

「届きませんでした。魔法使いの家系ではあるんです。でも私、魔法……使えなくて」

下唇を噛《か》む。言葉にすると、すごくみじめだと思った。

ありがたいことに、双葉はあれこれ尋ねることなく、話を先に進めた。

「ふむ……、それで魔法学園に入学するために、魔力をレンタルしたいんですね」

その通り、単純明快。

魔法学園に入学したいけれど、帆香は魔法が使えず、その資格がない。だからこの双葉という魔女から魔力をレンタルして、魔法が使えるようになりたいのだ。

「できますか？」

思ったより、不安げな声になる。

「大丈夫だと思いますよ。とりあえず、試してみましょうか」

「試す？」

「パッチテストのようなものよ」

ますます訳がわからない。しかし双葉は気にせず、帆香に右手を出すように言った。

「こうですか？」

「あ、手のひらを表にしてください」

帆香の手のひらに、双葉は覆い隠すように自らの手を載せた。

「これがだめだったら、諦めてください」

あっさりと宣告を受け、帆香はごくりと喉を鳴らした。

突然、二人の手の間で、小さな光が点滅しだした。チラチラとほのめくそれは、まるで中に蛍でもいるようだ。実際何か生き物がいるような、そんな気もした。ただ、不快さはなかった。それが危険なものではないと理解すると、帆香の身体《からだ》から自然と力が抜けた。あるがまま、その光が手のひらに染み込んでいくに任せる。熱もなく、匂いもない。だがどこか、第六感とでもいうのだろうか。帆香はどこかで何かを感じ取った。線香花火のように、光は重力に従って下に落ちていく。それが完全に帆香の手中に消えたところで、

「違和感はありませんか？」

双葉が声をかけた。ゆっくりと手が離れていく。

「あ、はい……、大丈夫です」

今の光が、魔力というものだろうか。帆香はグーとパーを繰り返してみたが、拍子抜けするほどいつも通りだった。どうにもなっていない。

「問題なさそう。やっぱり魔女ね」

「えっ、本当ですか？」

「ええ。普通の人間ならまず魔力が染み込まないから。ちゃんと素質はあるわ」

自身の手のひらを見ても、変わったところは何もない。本当に問題ないのだろうか。

納得していない帆香をよそに、

「それじゃあ、話を進めますね。不自由なく授業が受けられて、学園生活が送れる量の

魔力が必要なわけですよね？」

双葉は少し考えて、そばに置いてあったタブレットを取り、画面に指を滑らせる。そしてひとり満足したように、頷《うなず》いた。

「月額98，000円ですね」

「きゅ、きゅう、まん……そ、そんなにするんですか？」

聞き間違えたかと思った。だが見せられたタブレットにも、確かに、間違いなく、ゼロが三つ並んでいる。魔法レンタルの相場など知らないが、少なくとも十五歳の帆香が、おいそれと出せる金額ではない。

「高くはないと思いますよ。一年保証と定期メンテナンスサービスが付いてますし、本体は無料貸し出しです。さらに長期で使ってもらえれば、ちょっとしたプレゼントなんかも付きますよ」

「……魔法レンタルの話ですよね？」

思わず確認してしまった。父親に携帯を買いに連れて行ってもらった時も、店員さんが同じようなことを言っていた気がする。

双葉が大真面目に頷く。

「魔法レンタルの話よ。あ、あと今なら、初月半額サービスも実施中です！」

（それでも49，000円！）

脳内で素早く計算して、呻《うめ》く。まさか魔法以外のところでつまずくとは思わなかった。これまでコツコツ貯《た》めたお年玉やお小遣いはある。けれどそれだって、卒業まで払えるほどはないし、数か月だって怪しかった。

「親御さんは、ご入学に前向きなの？」

「それは……」

返答に詰まる。痛いところを突かれたのだ。

魔法が使えるかは、血筋が全てだという。だから魔法使いの家系ではない普通の人間は魔法が使えず、そもそも魔法使いの存在も知らない。

だが長い歴史の中では時に、魔法使いの家系であっても、帆香のように魔法が使えない者もいた。そういう者は魔法使いたちから、こう呼ばれる。『失《な》くし者《もの》』と。当然、良《い》い意味で使われる言葉ではない。蔑称だ。失くし者は、普通の人間として扱われ、人間たちの学校に行くよう推奨される。

当然、帆香の家族もそう考えていた。

「ここにあなた一人って時点で、なんとなくわかってたけど……」

双葉の、ため息混じりの声が聞こえた。口調が、少しずつ砕けたものに変わっていっている気がする。彼女の中で、帆香がお客様ではなくなり始めたのだ。

「も、もう少し……安くなりませんか？」

「そうは言ってもね、あなたも魔法を使うようになったらわかると思うけど、魔法を他人に貸すなんてこと、中々できることじゃないし、してもらえることでもないのよ。多分だけど、ほかにないもの、こんな店」

つまり競合店がないから、値段は好きにつけられるということか。

沈黙する帆香に、双葉は続ける。

「慈善活動はしませんよ。私は、邪悪な魔女ではないけど、善き魔女でもない。仕事をするだけ。だからあなたの味方ではないけど、ご家族の味方でもありません。あなたにその意志があってお金を払うなら、誰が反対しようが、こちらもきちんと対応します」

意志。その言葉を聞いて、帆香はここに来た時の闘志を思い出す。

帆香が持っている、たった一冊の魔法に関する本は、暗記するほど読み込んだ。けれどどんなに魔法書を読み込んで練習したところで、木の棒をふりまわしてみたところで、箒《ほうき》にまたがってみたって、魔法が使えたことはない。

それでも、自分のどこかに魔女の血が流れていて、ある日突然、魔法学園から入学証が届くのではないかと信じていた。きちんとした機関できちんと学べば、魔法が使えるようになるのではないかと。でもだめだった。入学証は届かなかったのだから。

魔女になりたい。それを叶《かな》えるためには、待っているだけではだめだと、散々思い知らされたではないか。

「お願いします。魔法、レンタルします」

「ありがとうございます。では、さっそくご説明に入らせていただきますね」

双葉はにっこりと笑うと、少し待っていてくださいと言って、背後にあったドアの向こうに消えた。

肺の奥にある空気を総入れ替えするように、帆香は息を吐き出した。

最初の月はコツコツ貯めていたお小遣いやお年玉から払えるし、そのあとだって、がんばればなんとかなる。もうバイトだってできる歳《とし》なのだ。そうだ。やれることは全部やってみよう。

壁の時計を見る。午前十一時を指していた。この店は、駅前の大通りから一本裏に入ったところに建つビルの二階にあった。普段は木々と畑に囲まれた田舎暮らしの帆香が、手書きの地図を片手に探しても迷わず見つけられるような場所だ。ブラインドの隙間から、芽吹いていない街路樹が見える。三月末とはいえ、この辺りは寒さが残っていて、帆香は今日もダッフルコートにマフラーという出《い》で立《た》ちだ。

室内に目を戻す。暖かいが殺風景な部屋だ。シンプルなカウンターと椅子。壁の一面は備え付けの本棚になっていて、カタログや本、それにクマのぬいぐるみが置いてあった。見たところ、魔法書の類《たぐい》はない。店と言うよりは、歯医者の待合室みたいだ。

「もっと雰囲気があった方がいいですか？」

いつの間にか、双葉が戻って来ていた。小さな箱を手にしている。

「あ、いいえ。でも、想像していたのと、少し違いました」

「わかりますよ。つまり、私が黒のとんがり帽子を被《かぶ》ったおばあさんで、蠟燭《ろうそく》の灯《あか》りの下で水晶玉や髑髏《どくろ》を撫《な》でまわしていて、蜘蛛《くも》の巣が張った棚の天辺《てっぺん》から梟《ふくろう》とか黒猫が見下ろしてくる、みたいなのを想像されていた、と」

「そこまでではないんですけど……」

確かに雰囲気はないが、おとぎ話に出てくるような老婆よりはいい。双葉と名乗るこの魔女も十分謎めいているが、少なくとも鍋で煮込まれる心配はなさそうだ。

「さ、話の続きをしましょう。細かい書類は後にして、まずは――」

双葉は持っていた箱を、帆香の方に差し出した。それは真鍮《しんちゅう》の宝石箱のような外見で、正面には小さな鍵穴が付いていた。

「開けてみてください」

そう言って手渡されたのは、小さな鍵穴に似合う、小さな金色の鍵だった。帆香は言われるがまま、鍵を差し込み、まわした。

カチャリ。小気味の好《よ》い音と共に、蓋が開く。

真紅のベロア生地に寝かせるようにして入っていたのは、ビー玉くらいの碧い飾り石が付いたペンダントだった。

「…………」

一瞬、帆香の中に、悪徳商法という言葉が思い浮かんだ。言葉巧みに、何の根拠もない開運の壺《つぼ》とか数珠とかを、高いお金で売り付ける人が、世の中にはいるらしい。さっきのテストとやらも、実は手品みたいにタネがあって、帆香に高いペンダントを買わせるための作戦だったのかもしれない。

だが、眺めているとすぐに、そのペンダントが普通ではないことに気付く。

「さわってもいいですか？」

「どうぞ」

恐る恐る、ペンダントを箱から取り出す。飾り石を指でつまむと、まるで生きているみたいに、ハイライトがするりと動いた。

石は瓶のように内部が空洞になっているらしく、翡翠色《ひすいいろ》の液体で満たされていた。より目を近づけると、中に何か漂っているのが見える。それは星屑《ほしくず》みたいに煌《きら》めいていた。まるで、ひとつの宇宙を外側から眺めているようだ。軽く揺らすと星たちもいっしょに揺れたが、底に沈殿することはなかった。

肌触りのよい、ひんやりとした感触を確かめて、帆香は視線を双葉に戻した。

「これを身に着けたら、魔法が使えるようになるんですか？」

「魔法使いは、普通の人間と違って、その魔力を入れる容器を持っていると言われているの。そしてその中で魔力を生み出す。あなたが魔法を使えないということは、その器を持っていないか、機能していないということになる。ここまでいいですか？」

「けど、さっきは、私の手に魔力が染み込みましたよね？」

双葉もはっきりそう言ったではないか。

「あれは残念ながら、保持してるわけではないのよ。あなたは多分、普通の魔法使いと違って、器を持っていない。だから自ら魔力を宿せない。だけど普通の人間とは違って、魔力を魔法に変換する力は持っている。だから取り込むことはできる」

「私は、どちらでもないっていうことですか？」

普通とは一体何なのだ。帆香は頭を抱えたくなった。

「いいじゃないですか。普通なんてつまらないですし」

「私は生粋の魔女がよかったんです」

「まあまあ。それで、この水晶に器の代わりをさせて、私が毎月そこに一定量の魔力を送る、ということになります。本当は杖《つえ》を握るから、指輪の方がいいんですけどね。そういう物は、あなたも隠しておきたいでしょう？」

一瞬、何のことかと思ったが、しばらくして気付く。確かに堂々と、私は魔力を借りていますと、学園中に宣言するような真似《まね》は避けたい。

「でも、本当にこれで問題ないんですか？」

「あなたは魔女なんですから。自信を持ってください。それに、使っていればいずれ馴《な》染《じ》んでいくものですよ。さあ、着けてみて」

「は、はい……」

「あっ！　ちょっと待って」

驚いて、ペンダントを落としそうになる。チェーンを握り直す。

ごめんなさいと、双葉が謝る。

「でも、先に言っておいた方がいいと思って。魔法使いって、普通の人間には見えないものが見えるの。それがいちばんの特性と言っていいくらい。恐らく、魔力を持ったら、帆香さんにも見えるようになります。だから、驚かないでくださいね」

「見えないもの……幽霊とかですか？」

「当たらずとも遠からず。そんなに得体の知れないものがうじゃうじゃといるわけじゃないけど。けど、生き物によって世界の見え方って変わるものでしょ？　馬の視野は三百度以上あるし、鷲《わし》は数キロ先の獲物が見えるし、猫は夜目が利くし」

そんなことを言われると、余計に緊張してしまう。

けれどここまできて諦めるなんてできなかった。元々ホラー映画は平気な方だ。何が見えても、多分大丈夫。そう自分を言いくるめながら、帆香は目を閉じて、ペンダントを首から下げた。その方が魔女っぽいという理由で背中まで伸ばした髪を、輪から外に出してやる。

恐る恐る、瞼《まぶた》を開ける。

しばらくは、何も変わらないように思えた。自分の胸元で揺れる石を、半信半疑で見下ろす。未知の力があふれてくるとか、逆に不快感に苛《さいな》まれるとかもない。果たしてこれで、魔法が使えるようになったのだろうか。

次の指示を仰ごうと、双葉の方を見る。そして違いに気付いた。

「それ……」

「これが、私たちの目です」

先ほどまで普通の焦げ茶色だった双葉の瞳が、覚めるようなエメラルドグリーンに変わっていたのだ。

「きれい……」

「ありがとうございます。でも、こちらも見てみてください」

そう言って、ペンダントが入っていた箱を差し出される。蓋の裏は鏡になっていて、そこに帆香自身の顔が映っていた。丸く、幼い顔。いつも赤みのある頬が、余計に子供っぽく見えていやだった。そんな改めて観察するまでもない自分の顔が、今日は違った。

「綺麗な色でしょう？」

帆香の瞳も、双葉とは少し色相が違うものの、同じようなエメラルドグリーンが輝いているのだ。何度も瞬きしてみるが、色は変わる気配を見せない。

「どうして……」

「魔法使いたちは、多少の違いはあっても、みんな碧《みどり》の瞳をしています。私たちはこの瞳の色を通して、人間には見えないものを見て、同族を知るの」

鏡から目が離せない。それくらい瞳のグリーンは衝撃的だった。瞳が宝石になってしまったかのよう。けれどこれで、はっきりしてしまった。自分が世間の魔法使いたちとは絶対的に同じではないことが。今まで自分の瞳が碧色に見えたことはないのだ。

いや、前向きに考えよう。これで、魔法学園に入学できるかもしれないのだ。

「それじゃあ、真面目な話に入りましょうか」

双葉に声をかけられて、ようやく帆香は、自分がずっと鏡を見ていたことに気付いたのだった。


「やっとおわった……」

階段を下りて通りに出たところで、帆香は思い切り伸びをした。ペンダントはかけたままだ。肌に直接ふれるように、服の内側に入れてある。

その後、双葉とは事務的な話をした。借用書にサインし、お金の振り込み方を教えてもらった。月末支払いだそうだ。ペンダントが使えなくなってしまった時や、未払いが発生した時など、いつでも連絡が取れるように個人情報も記入した。初めてのことだらけだったが、双葉の説明は至極丁寧で、何とかなった。

魔法とは無縁の時間だったが、ただ一度、双葉が棚にあるペンを何気なく取る時に、自身が立って取りに行くのではなく、ペンの方を浮かせて呼び寄せたのには驚いた。浮遊の魔法だ。

帆香の家で、魔法を使う者はいなかった。使うことはおろか、口にすることさえ許されなかった。というのも、帆香の母方の祖母が、極度の魔法嫌いだったからだ。祖母自身が魔女であったにもかかわらず、である。

「魔法は人を堕落させる」

祖母がそう言うのを、聞いたことがある。まだ小学校低学年だった帆香が、魔法について祖母にあれこれ尋ねた時のことだ。厳格な、有無を言わせぬ態度だった。彼女の言葉は、それこそが魔法の呪文のごとき強さで、去年祖母が亡くなってからも、家の中で魔法を使う者はいなかった。

「あたしも、力のない魔女だった。だからお前が失くし者でも、あたしはちっとも驚かないよ。魔法なんてない方がいいんだ。あれは人を堕落させるから」

祖母は言っていた。けれど、帆香はそう思わなかった。

(魔法が、使えるようになるんだ……)

実感はなかった。まだ使っていないせいかもしれない。不思議の国に迷い込んだような、夢見がちな気分。一方、リュックに入れた書類の控えは、どこまでも現実的だ。

ここで、碧の瞳の話を思い出して、帆香は辺りの様子を窺《うかが》う。今まで見えなかった何かが見えるのではないかという期待と、少しの怯《おび》えがあった。けれど、何も変わった様子はない。通行人が透けたりはしていないし、街路樹の根元で寝ている猫には尻尾が一本しかなかった。どこまでも普通の、肌寒い昼下がりの駅前だ。得体の知れないものがうじゃうじゃいるわけではないと、双葉は言っていたけれど。帆香は安堵《あんど》すると共に、少しだけがっかりした。

平日のせいか、人通りはまばらだ。帆香は春休み中だった。うららかな陽射《ひざ》しに邪魔されそうになったが、こうしてはいられない。善は急げだ。リュックの内ポケットから、持って来たメモを取り出した。このまま魔法学園に押しかけて、直接入学の交渉をしてやる。

そう決心した瞬間、腹の虫が鳴った。そういえば朝から何も食べていない。途中で何かお腹《なか》に入れよう。頭の中で計画を立てながら歩き出そうとしたところで、進行方向からひとりの少年が歩いてくるのに気付いた。帆香よりいくつか年上だろうか。霧氷のように凜《りん》とした、それでいて儚《はかな》さも感じさせる、浮世離れした顔立ちの少年だ。人通りの多い場所に行けば、多くの女性が振り返るのではないだろうか。けれど帆香が目に留めたのは、その少年の瞳が、例の碧色をしていたからだ。エメラルドグリーンが、長い睫《まつ》毛《げ》に縁どられている。

(魔法使い!)

なるほど、魔法使いたちはこうして仲間を見分けるのか。ひとり感動していると、思いがけず少年が帆香のいる方に向かってきた。もしかして魔法使い同士の挨拶があるのだろうか。

身構える帆香に、けれど少年は侮蔑するように目を細め、一言、

「……邪魔」

とだけ言った。

そこでようやく、階段に続く道を塞いでいることに気付いた。少年は帆香に用などなく、階段を上りたかっただけなのだ。

「ご、ごめんなさい!」

慌てて脇にどく。謝ったにもかかわらず、少年は舌打ちこそしなかったが、それくらいの敵意を持って帆香の横を通り過ぎる。カンカンと、少年が階段を上っていく音が聞こえなくなってようやく、蛇に睨《にら》まれた蛙《かえる》が息を吹き返すように、帆香は動きを取り戻した。あんまりな態度に、怒りさえ湧いてこない。一晩寝たらじわじわと湧いてくるか

もしれないが、現時点では驚きの方が勝っていた。

彼も、双葉の店に何かしら用があったのだろうか。聞いたところによれば、魔法レンタルのほかにも色々しているらしい。むしろ、魔法レンタルの方が稀《まれ》なのだそうだ。

胸の上で、ペンダントが揺れるのを感じた。そうだ、こうしてはいられない。自分には、やらなくてはならないことがあるのだ。あんな失礼な男の子にかまっていられない。

帆香は半ば走るようにして、その場を立ち去った。

2.

三十分ほど電車に揺られただけだが、山間《やまあい》を走ってきたせいか、目的の駅はひどく寒かった。車内の暖かさに気を抜いていた帆香は、慌ててマフラーを巻き直す。

無人ではないが、夜には早々に人がいなくなりそうな、こぢんまりとした駅だった。降りたのも帆香ひとりだ。自動改札機もないため、年配の駅員に切符を手渡す。

「嬢ちゃん、ずいぶん早いね。入学式はまだ先じゃないか?」

そう言った駅員の男の、皺《しわ》が刻まれた目は、深緑だった。ということは、この男は魔法使いで、彼もまた、帆香の目に碧を見つけたのだろう。つまり、彼の言う入学式とは、魔法学園のことだ。

「あっ、えっと……許可証、届かなくて……、それで……」

とっさに嘘《うそ》は吐《つ》けなかった。

「それは大変だ。どこかで紛失したのかもしれないな、今は何でもかんでも郵送だからなあ。だから俺は昔通り、北帰行の白鳥使って届けた方がいいと言っているんだ。学園にはちゃんと連絡したか？」

「これから、行こうと思ってます」

「それがいい。道はわかるか？」

言いながら男は窓口から出てきて、帆香といっしょに表へ向かった。

「この道をずっと真《ま》っ直《す》ぐな。山道に入る前に看板が出てるから、忘れずそこを曲がるんだぞ。おじさん、学園に知り合いがいるから、連絡しておこう」

「あ、ありがとうございます」

あれよあれよという間に話が進み、少し歩くからと、自販機で温かいお茶まで買ってもらった。帆香はまた礼を言う。

見送る駅員に軽く頭を下げ、歩き出す。駅の前は商店街になっていて、けれど今は閑散としていた。シャッターが閉まっている店の方が多い。授業がある時期は、もう少し賑《にぎ》わっているのだろうか。

ゆっくりと景色が移り変わっていく。商店街は民家になり、民家は林檎《りんご》畑《ばたけ》になり、やがて左右全で白樺《しらかば》に変わった。木と木の間隔が広い白樺の林には陽が射し込み、明るい。天気がよくて助かった。雨ならまだましで、雪ならつらかっただろう。帆香の地元も似たような山間の田舎町だが、そういう地域は、三月末の雪も珍しくない。

寒さと人気のなさに心細くなるが、先ほどもらったペットボトルのお茶を握ると温かくて、元気を取り戻す。

しばらく歩くと、駅員の言った通り、看板を見つけた。

『月船《つきふね》魔法学園《まほうがくえん》←』

こんなに堂々と出していていいのだろうか。魔女の家系ではあるものの、魔法使いたちの生活に関して、帆香はほとんど無知と言ってよかった。それでも、彼らが人間から魔法を隠して暮らしていることくらいは知っている。

その時、あることをひらめいた。マフラーを外し、かけっぱなしだった魔法のペンダントを外す。すると、今まで目の前にあった『魔法学園』の『魔法』の部分が忽然《こつぜん》と消えてしまったのだ。ペンダントをかけ直してもう一度看板を見ると、今度は『魔法』の文字が現れた。

（すごい！　おもしろい！）

帆香は楽しくなって、何度もペンダントを外したりかけたりした。しばらくそうした。

そして唐突に満足すると、看板の示す通り道を曲がり、山道を上りだした。山道と言っても、アスファルトで舗装されているため、歩きづらさはない。

以前パソコンで調べたところ、魔法学園は衛星画像にその姿をはっきりと捉えられていた。この時代に、完全に隠れることは難しいのだろう。だから最低限、魔法の部分だけ隠して、人間たちからは普通の高校に見えるようにしているのだ。

延々と続く坂道に、ふくらはぎがつっぱり始めた頃、一台の車が下りて来た。黒のセダンだ。車は帆香の横で止まり、窓が開く。運転席に座っているのは、大きな丸眼鏡をかけた小柄な女性で、目は碧だ。

じろりと観察するように視線を合わされ、怯《ひる》む。

「あなたが、岩崎《いわさき》さんの言っていた、入学許可証の届かなかった子かしら？」

岩崎さんとは、あの駅員の名前だろう。

「多分そうだと思います」

「頼まれて迎えに来たの。助手席に乗って。って言っても、すぐそこだけど」

きびきびと指示を出され、帆香は慌てて車に乗り込んだ。普段ならば知らない人の車に乗らないいくらいの分別はあるが、今回はそういうわけにもいかない。

シートベルトを締めるやいなや、車は無言で発進した。そして質問する暇も空気もなく、女の言った通り、あっという間に学園の門をくぐってしまった。

「こっちよ」

車から降りると、女はさっさと歩き出す。歩くのが妙に速い。後を追う帆香は小走りだ。そのせいで感慨にふけることはおろか、心の準備さえままならない。聞きたいことも知りたいことも、山ほどあるけど。今は、お行儀よく、物事をよく理解しているように振る舞わなければ。

眼鏡の女が、突然足を止めた。そしてターンするように横を向くと、そこにあった分厚い扉をノックした。

「学園長、連れて来ましたよ」

最初からそんな偉い人物と会うことになると思っていなかった帆香は、一瞬決意も忘れてたじろいだ。けれどそんな内心を察してもらえるはずもなく。中から何かしらの返答があったようで、女が扉を開けた。帆香に中に入るよう促す。

帆香は唾を飲み込み、喉を湿らせ、

「失礼します」

それでも緊張はなくならずに、声が裏返った。

背後で扉が閉まり、静寂が訪れる。

心を落ち着けるために、それとなく周囲を観察する。帆香が通っていた中学の校長室と同じような間取りだった。厚ぼったい遮光カーテンの前には立派な机が、中央にはローテーブルと黒革のソファがあり、その脇には古そうなだるまストーブが置かれている。

間取りはありふれているが、そこかしこに本が積まれているのは、変わっていると言っていいだろう。そう、こんなに本に侵食された部屋を、帆香は見たことがなかった。大きな棚があるにもかかわらず、そこから溢《あふ》れ出《だ》した本が、まるで滝のように、机、ソファ、果ては床にまで積み上げられている。これだけ無造作に本があって、埃《ほこり》っぽい臭いがしないのは、かえって不思議だった。

その本たちに埋もれるようにして、

「やあ。遠路はるばるよく来ましたね。私はこの月船魔法学園の学園長、菓子谷《かしたに》と言います」

微笑《ほほえ》みを浮かべた、大柄の老紳士が座っていた。鼻の下には豊かな髭《ひげ》がたくわえられていて、丁寧に固められている。見識の広そうな瞳と相まって、歴史の教科書に出てくる偉人のようだ。

帆香はかしこまって、深く頭を下げた。顔を上げながら一度深呼吸すると、前もって練習した通りに話し始める。

「はじめまして、佐倉《さくら》帆香と申します。今日は折り入ってお願いしたいことがあって、参りました」

「そんなにかしこまらないで。ストーブの前のソファにでも座りなさい。鼻が真っ赤だ。ここまでの道は冷えたでしょう？」

「ありがとうございます」

さすがに火のある付近には、本がない。帆香は置いてあるのか落ちているのかわからない本たちを避《よ》け、ソファに浅く腰かける。それを待って、菓子谷は話し始めた。

「今あなたを案内してくれた女性は、ここの事務員でね……、小湊《こみなと》君というのだけれど、彼女が入学許可証の送付を担当してくれていたんですよ。あなたの元に届いていないと聞いて、そんなはずはないと。だから、少しだけ不機嫌なんです」

穏やかな話し方だったが、湖底のような深い碧の目は、全てを見透かしているようで、居心地が悪かった。事実、彼は真実を見抜いていた。

「それに、私も彼女が間違っているとは思わない。あなたは確か、魔法の使えない者として、魔法局に登録されているはずですから」

(登録……？)

ほとんど魔法社会に触れてこなかった帆香には、どういうことかわからない。何にせよ、元から嘘を吐くつもりはなかったが。

「すみません。私は魔法使いの家の生まれですが、魔法が使えないので、許可証が届かなかったのは当然なんです」

「しかし、今は違うようですね」

「はい。魔力をレンタルしました。今は、魔法を学ぶことができます。ですから、入学の許可が欲しいのです」

自分にできる限りのことをしただけで、後ろめたさはない。ただそれは帆香の基準であって、学園側が認めるとは限らない。自然と、膝に置いた手に力が入る。

学園長はしばらく帆香を見つめていたが、やがて愉快そうに笑いだした。

「魔力をレンタルするなんて初めて聞きましたよ。今は色々あるんですね。それにあなたの行動力にも驚きだ。敬意を表したい」

肩の力が抜けた。どうやら悪くは思われていないようだ。そう思ったのも束《つか》の間《ま》、学園長はすっと真面目な顔になった。

「ところで、あなたをそこまで導いた者がいますね？」

「……母から、教わりました」

正確には、母の手紙から。

「佐倉舞《まい》さんですか？」

「知ってるんですか？」

「もちろん。彼女はこの学園の卒業生ですし、流浪《るろう》の魔法使いですからね」

流浪の魔法使いというのは、名が示す通り、世界各地を旅する魔法使いのことだ。帆香の母、舞は、だから家にいない。最後に会ったのは、帆香が小学生の、それも低学年の時だ。彼女はいつもどこかを旅している。祖母の言葉も、母にだけは届かなかった。

本当に稀に父親が教えてくれる、断片的な母の話。いわく、流浪の魔法使いというのは大変名誉ある、高位職であるらしい。

「私、私もがんばります！　母みたいな魔女になりたいんです！　ここで魔法を学ばせてください！」

勢いのまま、膝に額をぶつけそうなほど深く頭を下げた。

家にいない母のことを、帆香は恨んだことがなかった。純粋に寂しいと思ったことはあったかもしれないが。自由で、それゆえ美しい母、何より魔女である母は、帆香の誇りであり、憧れであり、目標でもあった。

母が魔女らしく自由に生きている限り、帆香が母の「小さな魔女さん」である限り、帆香は魔女になることを諦めない。

沈黙。菓子谷がそれを破るまで、帆香は顔を上げなかった。

「あなたに意欲があるなら、私が止めることはできません。原則、魔力を持つ者は皆、魔法学園に入学しなければならないという決まりですしね」

「それじゃあ……！」

帆香が歓喜に包まれる前に、学園長は言い添えた。

「ただ、その前に少し、確認しておきたいことがあります」

菓子谷は立ち上がり、机の引き出しを漁《あさ》りだした。何かを探しているようだ。帆香は大人しく待つ。途中、ノックの音が響き、小湊が温かいお茶を持って入って来た。

「それで、誤解は解けましたか？」

不躾《ぶしつけ》に問いながら、小湊は帆香のことを、じろじろと無遠慮に眺めた。眼鏡越しならわからないとでも思っているのだろうか。少し嫌な気分になる。

「はいはい。解けましたよ。君が間違いなく仕事をこなしてくれたこともね」

「だから言ったんです。今年は間違えていないって」

去年は間違えたのだろうか。

「それより小湊君、どこかにライターかマッチはあったかな？　煙草《たばこ》をやめてから、置かなくなってしまってね」

「職員室にならあるでしょう。持ってきますか？」

「ああ、よろしくお願いします」

しばらくして、小湊はライターを持ってきた。菓子谷は手に蠟燭を持っている。それを燭台《しょくだい》に立て、ライターは帆香に渡して言った。

「この蠟燭に、火を灯《とも》してください」

帆香は言われた通り、ライターを使って蠟燭に火を灯した。

「今度は、蠟燭の火を消してください」

息を吹きかけて、火を消した。しかし消してしまってから、これは入学試験か何かで、本当は魔法で消さなければならなかったのではないかと、内心で焦る。

しかし、菓子谷は満足そうに頷いた。

「そうです。今、あなたは何事もなく、火を点《つ》け、そして消しましたね？」

「はい……」

「魔法は、あなたが想像するほど万能ではありません。特に現代では……」

どういうことだろう。含みのある言い方に帆香は疑問を覚えたが、菓子谷は構わず話を続けた。

「この学園で教える魔法は、今のようなものです。蠟燭に火を点け、消す。昔ならばありがたがられたかもしれませんが、現代では魔法使いでなくともたやすくできることばかりだ。スイッチを押せば部屋は明るくなり、蛇口を捻《ひね》れば清潔な水が出る。風邪《かぜ》を引けば薬を飲めばいいし、物を浮かせる魔法と、あなたの腕力で持ち上げられる物の重さは、そう変わりません。むしろ魔法の方が非力かもしれない」

「………」

「それでも、魔法を学ぶ価値があると思いますか？　人間たちが通う普通の学校に進学して、これからの人生に役に立つことを学ぶ。それだって素晴らしいことだ。そしてあなたには、それを選ぶ権利があります」

とうとうと諭すというよりは、まるで物語でも語っているかのような話し方だった。

帆香にも、言っていることの意味はわかる。労力に対して、得られるものは少ないと言いたいのだろう。けれど、魔法の素晴らしさとは、そういうことではないと思った。思ったが、その反論をうまく言葉にすることは、今の帆香には難しかった。

「……魔法に価値がないなんて思いません。私、母の魔法を見た時、感動したんです」

祖母も父も、魔法は使わない。少なくとも帆香の前では。だから帆香にとって魔法とは、たまに帰ってくる母親が、時折見せてくれるものたちのことだった。そしてそれは、全てひとしく美しかった。

「きっと、初めて手品を見た時の感動と、似たようなものでしょう」

その言葉に、どういうわけかとても腹が立った。本当に同じかどうかなんて、誰にもわからないはずなのに。同じものだとしても、その感動の重さだって、人によって違うのに。自分の感じたものを、むりやり既存の枠に入れられるなんてまっぴらだ。

魔法学園の学園長なのに、どうしてそんな否定的なことばかり言うのだろう。

「とにかく、いいとおっしゃるなら、私は絶対にこの学園に入学します」

帆香の考えていることがわかったのか、菓子谷は苦笑した。

「いや、意地の悪いことを聞いてすまなかった。先ほど言った通り、あなたに意欲があるなら、入学を許可します。さっそく、今から手配をしましょう」

学園長の言葉に、ほっと胸をなでおろす。今度こそ本当に入学の許可が下りたのだ。

先ほど言われたことは気になったが、今は喜びの方が勝った。そうすると急に喉が渇いて、出されたお茶を、一気に飲み干したのだった。

3.

「まあ、ようこそ！ よく来たわね。寒かったでしょう？ あなたが最後よ。いいえ大丈夫、部屋はあるの。ちゃーんと把握してるんですから。えーっと……そう、佐倉さんよね。佐倉帆香さん。私は、寮母の辻田《つじた》よ。でもみんなはマカおばさんって呼ぶわ。どうしてそう呼ぶかって？ おばさん、お菓子作りが趣味なんだけど、よくマカロンを焼くの。またあなたにもあげますからね。あ、そうそうあなた荷物は？ これだけ？ あ、今日中に届くに決まっているわよね。年頃の女の子がバッグひとつってことはありえないもの！ さあ、いらっしゃい！」

この間、帆香はぽかんと口を開けたまま、ただただ喋《しゃべ》り続《つづ》ける女の顔を見続けた。それは口を挟もうとして挟めなかったのもあるが、その女、マカおばさんが、膨らみきった風船みたいにまん丸だったからだ。オペラピンクのスカートは、本来広がるはずのところが、彼女の横幅に合わせて身体に吸い付いてしまっている。完全に入り口を塞いでいて、ようこそと言われているのに、通せんぼされている気分だった。

「お世話になります」

帆香はやっとそれだけを言った。

魔法学園への入学が決まった日から、帆香は慌ただしい日を過ごした。いちばん労力と時間を使ったのは、父を説得することだ。父親は魔法云々《うんぬん》もそうだが、元々入学が決まっていた私立高校を蹴ることに猛反対した。入学金などお金の問題もあるため、帆香も心が痛まないわけではなかったが、そもそも魔法学園に行くと宣言していた帆香を、ほとんど強制的に受験させたのは向こうである。魔法学園は、ありがたいことに様々なところから出資があるらしく、学費というものが存在しなかった。高額な魔法レンタル代はあったが、言えば火に油を注ぐため、この件に関しては黙秘することにした。それにこれは、帆香自身の責任だった。

そのため、いざとなったら家を飛び出してもよかったのだが、帆香としては笑顔でなくとも、父に見送ってほしかった。

「お前の頑固さは、おばあちゃんやお母さんにそっくりだな」

最終的に折れたのは父親の方で、ひとまず一年通ってみるということで決着が付いた。魔法嫌いの祖母が生きていたら、結果は違ったかもしれない。

「それじゃあ、さっそく部屋に案内しましょうね」

祖母のことを思い出していた帆香は、マカおばさんに話しかけられて我に返った。

「あっ、お願いします」

「ここが談話室よ。あっちが食堂。門限は十一時だけど、食堂は二十一時には閉まるからそれまでにね。お風呂は共同。そういえば、聞いてるかしら？　この寮は全部二人部屋なの。でも同室の子はあなたと同じ一年生だから安心してちょうだい」

どうも、この寮母はたいへんな話好きのようだ。きっとこの説明も新入生たちに幾度となく繰り返しただろうに、最後である帆香にも、楽しそうに話す。

寮は女子寮と男子寮に分かれていて、それぞれ学園の敷地のいちばん外れにあった。ヨーロッパの田舎にある洋館のようで、綺麗な左右対称の造りになっていた。さすがに女子生徒が全員入るだけあって、かなり大きい。

談話室には何人か生徒がいた。くつろいだ様子から見るに、新入生ではなく在校生だろう。

「うちは、創立当初から全寮制と決まっていたの。ほら魔法使いって、『一度親元を離れて、独り立ちすべき』っていう古い慣習みたいなものがあるでしょう？」

廊下は肌寒くて、剝《む》き出《だ》しの床材は、踏むと所々軋《きし》む。

「でも最近じゃホームシックになる子も少ないわね。共同の電話もあって、昔は入学式からしばらくは行列ができたものだけど、最近の子はみんな携帯を持ってるから。その電話も、今じゃすっかり埃をかぶっているの。ここは電波も入るし、みんな何かというとすぐ携帯ばかり触って。最近の魔力低下も、絶対に携帯のせいよ」

この魔力低下という言葉を、帆香は大人がよく言う「最近の若い子は」だと受け取って、あまり気にしなかった。魔力を学力に変えればそのままだ。携帯といえば、あとで父親に無事着いたことを報告しなければ。

「さ、着きましたよ」

帆香の部屋は、三階のいちばん奥だった。玄関から一番遠い。寮室は基本的に三年間変わらず、去年の三年生が三階を使っていたから、今年の一年生はその空いた三階をあてがわれた。と、階段を上りながら、寮母が教えてくれた。自らの巨体を一段一段押し上げながら、それでも口を閉じない姿には、素直に感心した。

マカおばさんはドアが壊れそうなほど叩《たた》いて、自らの来訪を告げた。

「失礼するわよ。和栗《わぐり》さん、こちらはルームメイトの佐倉さん。あなたの方が数時間先輩だから、色々教えてあげてね。佐倉さん、私は大抵一階の寮母室にいるから、何かあれば呼んでちょうだい」

「はい。ありがとうございました」

寮母に頭を下げて、室内に入る。後ろでドアが閉まった。

部屋は想像の二倍は広くて、突き当たりにモスグリーンのカーテンがかかった大きな窓があった。天井には黒褐色の梁《はり》が剝き出しになっている。

　壁に備え付けるようにして二段ベッドがあって、ドアと平行になるようにクローゼット付きの棚、その棚を挟んで机が二つ。そして寒い地方特有の配慮なのか、中央に炬燵《こたつ》が置いてあった。カーテンとお揃《そろ》いのモスグリーンの布団がかかっている。洋館に炬燵とは、なんだか場違いだ。

　棚の向こう側から、少女が出てきた。笑っていない顔は、少しきつい印象を受ける。ほっそりとしていて背が高く、頭の上の方で髪をお団子にしているのもあって、バレリーナのような雰囲気があった。

　ペリドットに似た明るい緑色が帆香を捉えて、何度か瞬《またた》いた。

「立ったままでいないで、こっち来たら？」

「あっ、はい……、うん」

　ルームメイトが同い年であることを思い出す。部屋の中央まで入って、空いている方の椅子に鞄《かばん》を下ろした。

「どっちでも同じようなものだから、机は選んじゃったけど、ベッドはまだ選んでないよ」

「ありがとう。私、佐倉帆香。よろしくね」

「私は和栗英美《えみ》。ベッド、どっちがいい？」

　机は選んだから、ベッドは選ばせてくれるということだろう。帆香は少し考えて、

「下がいいな」

ベッドの下段を指した。英美はあっさり了承する。

「わかった。自分の場所は自分で掃除。炬燵周りの共有スペースは極力散らかさないように。トイレは交代で掃除。いい？」

「うん。いいよ」

「あと、マナーとして言っておくけど、お互いの物には触らないようにしましょ。勝手に借りるのとかもなし。私、そういうの嫌いだから」

「うん。わかった」

言うだけ言うと、英美は自身の机の片付けに戻った。帆香は呆気《あっけ》に取られる。

（それだけ……？）

初対面なら、ことさら友好的な態度を示すべきではないのか。中学の初日など、みんな努力して作った笑顔を顔いっぱいに張り付けて、これからの学校生活を共に過ごす相手を探したものだ。高校生ともなると、違うのだろうか。

棚の向こうで、黙々と作業する音が聞こえる。同年代の魔女と会うなど初めてだったから、色々聞いてみたかったのに。これでは話しかけられそうにない。帆香はがっかりして、自分の鞄を開けた。

＊

緊張して眠れないかと思ったが、その晩帆香はよく眠り、朝も時間通りに目を覚ました。寮室には簡易的な洗面台があったので、英美と交代で使った。

ハンガーにかけられて、皺ひとつない制服を前にした時、帆香は不愛想な同居人のことも忘れて頰を緩ませた。残念ながら日本の魔法学園の制服は、魔法使いの正装である三角帽子にローブという形ではないが、黒のワンピース型で、とても可愛《かわい》い。白襟と碧色のリボンがアクセントになっている。

ひんやりした制服に袖を通す。そうすると、これから魔法学園の生徒になるんだという気持ちが湧いてきて、残っていた眠気がどこかへ吹き飛んだ。

「それじゃ、私行くから」

心ゆくまで制服姿を眺めている間に、英美は先に行ってしまった。

食堂で朝食を済ませ、鞄を持って寮を出る。だいたいの新入生がルームメイトと行動を共にしていて、帆香は先に行ってしまった自分のルームメイトを、ほんの少し恨めしく思った。

クラス分けは、目につきやすいように、寮の掲示板に貼りだされていて、帆香は一組だった。一年生は五クラスあって、それぞれ三十人ほど。それが多いのか少ないのかは、帆香にはわからないが、全員魔法使いだと考えると、感慨深いものがある。

寮を出る。すっかり春めいていた。

山を削って造成した土地全てを学園の敷地としているため、寮から校舎までは十分ほど歩く。帆香は歩きながらも、やっと魔法学園なるものをじっくり見ることができた。前回直談判《じかだんぱん》に来た時は、とても見学する余裕などなかったからだ。

とは言っても、普通の学校とさして変わらない。むしろ校舎は新しくて綺麗だ。モダン建築と言うのだろうか、木とガラスを基調とした、長方形の建物が並ぶ。そのくせ寮は洋館風だったり、天文台のような建物があったり、校舎の反対側には塔が付いた建物もあったりで、どうやらこの学園、統一感はあまり気にしていないらしかった。

双葉の店も、この学園も、どうも魔法使いの住処《すみか》らしくない。魔法使いらしさを、帆香が説けるわけではないけれど。

(魔法学園なんて嘘みたい……)

そんなことを思いながら、いつの間にか教室に入り、いつの間にか自分の机を見つけて、座っていた。どうやら英美は別のクラスらしい。同じであったところで、心強いかと言えば微妙ではあるが。

鞄を置いてひと息つくと、帆香はぐるりと教室を見まわした。例外なく、生徒の目は碧色だ。これにはしばらく慣れそうにない。それ以外は登校初日らしく、どの顔からも緊張の色がうかがえた。

みな前後左右、近場の人間に声をかけては、距離感を測っているようだ。

いや、違う。全く緊張感のない人間がひとりいた。それは帆香の右隣の生徒だった。小さく華奢《きゃしゃ》で、ふわふわくるくるとした髪を持つ少女だ。瞳の色は青い檸檬《れもん》を思わせるほど、黄色が強い緑をしている。そして誰と話しているわけでもないのに、ずっとにこにこと笑みを浮かべていた。何がそんなに楽しいのだろう。

変わっているとは思ったものの、その笑顔のおかげか、悪い印象は受けなかったので、話しかけてみることにした。

「あの……」

「なーに？」

少女がこちらを向いた。その雰囲気にたがわず、ふわふわした声だ。

「私、帆香って言うの…………あなたは？」

「クララだよ。帆香ちゃん、金平糖持ってる？　わたし、持ってないの」

「金平糖？　持ってないけど……食べたいの？」

「帆香ちゃんがね」

「私が？」

登校初日の朝に、金平糖が食べたいわけがない。そもそも人生の中で金平糖が食べたくなる機会は、そうないのではないだろうか。

クララは困惑している帆香を見ても、にこにこしたまま。

「あー、だめだめ。胡桃《くるみ》さん、いっつもそんな感じだもん」

反対側から声がした。振り向く。左斜め前の少女が、こちらを見て苦笑していた。クラスの中心グループにいそうな、潑剌《はつらつ》とした印象の子だ。色付きのグロスでぽってりと主張する唇は、いかにもお喋り好きな女子に見える。

胡桃さんとは、クララのことらしい。いつもと言っている割に、他人行儀な呼び方だ。しかし、ようやく友好的で、話も通じる生徒と出会えて、帆香は内心ほっとしていた。

「知り合いなの？」

「同郷なんだよ。中学がいっしょ」

「そうなんだ」

「私、染谷実代《そめたにみよ》。胡桃さん以外に知ってる子いないし、仲良くしてね」

帆香も自己紹介を返す。

「ねえ、違ったら悪いんだけど……、佐倉って言ったらさ、もしかして流浪の魔法使いの佐倉舞と親戚だったりするの？」

「うん？　うん、母、だけど……」

「えっ、まじ⁉」

　実代が目を丸くする。けれど同じくらい、帆香も驚いていた。見聞の広そうな菓子谷学園長なら知っているのもわからなくはないが、まさか同級生までその名を知っているとは思わなかった。母はそんなに有名人だったのか。

「知ってるの？」

「知ってるに決まってるじゃん！　流浪の魔法使いなんだから」

　学園長の時もそれだけだった。彼らの中ではそれで通じるのだろう。どうやら、流浪の魔法使いとは、想像していたよりすごい人たちらしい。もっと知りたかったが、今ここで根掘り葉掘り聞いて無知を晒《さら》すのは、得策ではない気がする。

　そこで、帆香はさりげなく話を元に戻した。

「ねえ、同郷ってやっぱり珍しいの？」

「日本全国から集まるから、珍しいんじゃない？　帆香ちゃん、知ってる人いた？」

　聞かれて、教室を見まわしてみた。見知った顔はなさそうだ。そう思っていたところ、ひとりの女子生徒と目が合った。明るく染めたショートボブに、切れ長の目。どこか狐《きつね》の面を思わせる子だ。その女子生徒が、感情の読めない顔で帆香を見つめていたせいもあるかもしれない。だが、帆香が見返すと、さっと目を逸《そ》らしてしまった。見覚えはないが、どこかで会ったことがあるのだろうか。

首を捻っても仕方がない。

「いないみたい」

そう答えた瞬間、教室の扉が開いて、男子生徒が入って来た。

「あ……」

綺麗な、けれど不機嫌な顔。知り合いではないが、知っている。双葉の店の前で会った、あの失礼な少年だ。まさか同い年で、しかも同じクラスだったとは。

「知り合い？」

帆香の視線に気付いた実代の声が、黄色みをおびた。

それが聞こえたのか、男子生徒は帆香たちの方に顔を向けた。そして帆香の顔を認めた瞬間、あの時と同じ目つきをした。嫌悪感。つまり、敵意を向ける狼《おおかみ》みたいな目つきだ。

「ううん、知らない」

慌てて視線を逸らす。男子生徒が自分の席を見つけたのか、椅子を引く音がした。

なぜ、なぜ、あんなに嫌いだと訴えられているのだろう。先ほどの女子生徒の視線もそうだが、登校初日で敵を作るような真似はしていないはずだが。

嫌な感じだ。実代と会話を続けながら、帆香の胸はざわめき続けていた。

「帆香ちゃん、帆香ちゃん」

クララに名前を呼ばれる。

「なに?」

「やっぱり帆香ちゃん、食べたいんだと思うよ、金平糖」

この短時間で、憧れの魔法学園ライフに、影が差した気がした。

例の男子生徒と話す機会は、思いのほか早くやってきた。

初日は入学式とオリエンテーションのみで、授業は明日からだった。その中で行われたクラスの自己紹介の中で、その男子生徒が千夜《せんや》という名前だと知った。名字は一色。双葉の名字も一色だった。つまり二人は親子か、少なくとも親戚で、あそこにいたのも、店を利用するためではなかったのだろう。

そこまで考えて、帆香は青ざめた。

帆香が魔力を借りにあの店に行ったことを、彼が知っていたら?

双葉も客相手ならば話さないだろうが、身内になら、何かの拍子に、客が買っていったものを話してしまうかもしれない。

帆香は胸に手をやった。制服越しに、ペンダントの形が伝わる。

菓子谷学園長に確認したところ、帆香が魔法を借りている事実は、教師陣には伝えるが、生徒に話すかどうかは帆香の意志に委ねると言われていた。佐倉舞は有名人のようだが、田舎住みで周囲に魔法使いがいなかったせいか、その娘が失くし者であることは広まっていないようである。

言うつもりなどなかった。言ったところで見下されるか、よくて同情を買うかだ。弱者は時として排除される。それは中学に通っただけでも学べることだし、魔法使いと人間で、そこに差があるとは思えない。

どうにかして、千夜に確認しなければならない。

そう考えていたところ、

「おい」

寮に戻ろうとした際に、不機嫌な声で呼び止められた。千夜だった。

「……なに？」

「ちょっといいか？」

返事を待たずに、教室を出て行く。帆香は仕方なく後に続いた。実代に訳知りの視線を向けられたが、気分は判決を宣告されに裁判所に行く人のそれだ。

二人は無言で、誰もいない階段の踊り場まで歩いた。

「交換条件でいいよな？」

不躾に問われ、帆香の頭上には疑問符が浮かぶ。

「……どれとどれを？」

睨まれる。帆香はたじろぎかけたが、ここでようやく今までの失礼な態度を思い出して、腹を立てることができた。

「言葉が足りなさすぎるよ。だいたいこの前だって、私が道を塞いでたのもいけないけど、あなただって普通にどいてくださいって頼めばよかったでしょ」

そう文句を言うと、千夜はめんどくさそうに肩をすくめた。一度腹が立つともう立ちっぱなしだが、前のことを今さらとやかく言っても仕方がない。納得はしていないが、帆香は話を進めることにした。

「それで、どれとどれを交換するの？」

「お前が魔法レンタル使ってることを俺が黙ってることと、俺とあの女の血が繋がっているってことをあんたが黙ってることをだよ」

なるほどわかりやすい。そしてやはりばれている。

だが、わからないこともあった。

「なんであなたと双葉さんが親子？　ってこと、言ったらだめなの？」

帆香の問題より、ずいぶん軽い条件に聞こえた。

「知られる必要がないから」

千夜はむすっとした顔のまま、短く答える。まるで帆香と話すのに文字数の制限でもあって、言葉を節約しているみたいだった。

「なんで？」

また睨まれた。

「別に言ってもいいんだぜ？　そしたらこっちはお前が他力本願女だってこと、ばらしてやるから」

他力本願。その言葉に、怒りより悲しみが先に湧いた。目頭がぐっと熱くなる。どうしようもなかったから頼ったのだ。自分でどうにかできることであれば、帆香はどんな努力だってしただろう。

けれど、千夜の前で泣くなんて絶対にいやだった。そんなの、余計にみじめになるだけだ。帆香は自分自身に、悲しみを怒りだと思い込ませた。

「言わない。これでいいんでしょ？」

挑むように約束する。千夜は目を細め頷き、挨拶もせずに立ち去った。

帆香は悔しくて悲しくてしょうがなくて、寮の歓迎会でどれだけの御馳走《ごちそう》が出てきても、それらを拭い去ることができなかった。

4.

「魔法を使う上でもっとも大切なのは、想像力です」

意外なことに、国語や数学といった、一般の高校で学ぶような授業はほとんどなかった。魔法学園なのだから当たり前なのだが、ここまで魔法らしさがあまりなかったため、授業も存外普通なのかと、勝手に思い込んでいたのだ。では代わりに何があるかと言えば、魔法実技や魔法史など。文字通り、魔法を使い、魔法の歴史を学ぶ。

ただし例外として、英語はあった。現在日本で使われている魔法は、西洋魔法が主流だ。日本にも古来より魔法と呼べるものは存在していたが、明治の近代化と共に海を越えてきた西洋魔法は、当時のそれらを遥《はる》かにしのぐ、発達したものであったとか。結果、原書を読むために英語は必須科目。学年が上がればさらに学習する言語は増える。という話を、帆香はのちの授業で習った。

何もかも、初めての知識ばかりだ。

「もう一度言います。大切なのは、想像すること。思い描くことです。魔力を原動力として、それをどのように具現化し、動かすか。誠実に、緻密に思い描くことが必要です。いいですね？」

教壇に立って話す三十半ばの女性は、恐ろしく白い肌と、烏《からす》の濡《ぬ》れ羽《ば》色《いろ》のごとき黒髪を持った、魔法実技の東海《あずみ》先生だ。帆香たち一組の担任でもある。量の多い髪は編んで、後頭部に巻きつけてある。まるで黒い蛇をそこに住まわせているようだ。

しかし体温を感じさせない見た目に反して、この教師の口調は温かく、どこか親しみが感じられた。

魔法を使うにあたっての心得が続く。帆香は一言も聞き漏らすまいと東海の言葉に耳を傾けていたが、教室には、聞き飽きたような、冷めた空気もただよっていた。魔法使いの家では、常識なのだろう。さすがに授業初日から寝ている強者《つわもの》はいなかったが、授業初日という緊張感がなければ、もっと白けていたかもしれない。

けれど帆香は、ほかの生徒なんてどうでもよかった。どんな話題でも、どんな言葉でも、心は歓声を上げた。

「日常的に魔法を使っていた人もいるかもしれませんが、この授業ではみんないっしょに基礎から始めます。魔法はどこまでも自由なものですが、自由であるためには秩序を学ぶことも必要です。そのために基礎の魔法は、私の言う通り行ってください」

帆香にとっては、大変ありがたい話だ。

お金を節約するため、魔法レンタルは、入学式がある四月初めから借りることにしたのだ。ペンダントに入っていた魔力はあくまで、双葉いわく善意の、お試しみたいなものので、家で魔法を練習するほどの量はない。

つまり、今、この瞬間が、帆香の魔法デビューなのだ。

「ではさっそく実技に移っていきましょう」

「先生、杖は使わないんですか？」

前列の生徒が、おずおずと手をあげた。

熟練の魔法使いは杖を使わなくても魔法を扱えるが、慣れていない者は杖を使うこと。昨晩待ちきれず開いた教科書の、最初のページに書いてあったことだ。しかし帆香はおろか、誰も杖を手にしていない。持ち物にも杖の記述はなかった。

東海は頷く。予想していた質問らしい。

「まずは、手のひらの上で魔力を発現させる練習をしますから、まだ杖も呪文も必要ありません。それらを使う時がきたら、きちんと指示を出します」

杖を使うよりも、さらに初歩的な段階ということだろう。

東海は教壇から降りて、生徒たちの間を歩く。

「手のひらを机の上に出してください。利き手でいいですよ。いないと思いますが、指輪などのアクセサリーは外すように」

口にしてから、東海は何かに気付いたように、帆香に目を向けた。正確には、帆香の手に。魔法レンタルを頼む時に、本当は指輪がいちばんいいのだと、双葉が言っていたのを思い出す。教師たちは、帆香が失くし者であることを知っている。もし帆香が指輪をしていたら、それを外せないことに気付いたのだろう。帆香は大丈夫ですという意を込めて、かすかに頷いてみせた。

「自分の器の中にある魔力を、手のひらに出現させせます。難しいことはありません。手に神経を集中させて、魔力が体外に出るための道を作るようなイメージです」

再び教壇に戻った東海は手本として、自らの手のひらに、浮遊する小さな光の玉を出現させてみせた。それは豆電球ほどの大きさで、明るさもちょうどそれくらいだった。双葉の店で行った、パッチテストの時に見たような光だ。

「では、始めてください」

生徒たちがいっせいに取り掛かる。

帆香も、手に力を込めた。緊張していた。緊張というより、恐怖に近いかもしれない。もし、うまくいかなかったら？

よくないことに、すでに何人かの生徒が、できてしまっていた。小さな光が、次々と教室に灯る。試験の時に周囲の鉛筆の音が気になって集中力が削《そ》がれるように、今は視界にちらつく明かりが、帆香を過度に焦らせた。前方を盗み見た時、千夜がもう完璧にできていたのも、中々のダメージが与えられた。

やはりお金の節約などせず、魔法の練習をしておくべきだったのだ。帆香は手に汗をかきながら、必死に集中力を取り戻そうとした。

「できた生徒は、発現させた魔力を、手のひらの上でゆっくり動かしてみてください」

欠片《かけら》のようなものでもいい。ほんの一瞬でも光ってくれれば。しかし相変わらず、帆香の手のひらには、何も出現しない。手が震えるほど、腕が痛くなるほど力を入れてみるが、何も起こらない。喉が渇く。

「焦る必要はありませんよ。大切なのは、できないと思わないことです」

その言葉は、帆香の足りない場所に、ぴたりとはまった。

（……先生の言う通りだ）

できないと思い込んではいけない。魔法で大切なのは想像力。不可能だと信じてしまったら、それはもう絶対にできないのだ。帆香は渇いた喉を湿らせるように深呼吸して、まず心を落ち着かせることに集中した。何度も何度も、疑念が心に浮かんでくる度に、それを打ち消す。できないなんて、それこそが間違っている。今の自分は、それを行う術《すべ》を持っているのだから。

母はよく、帆香のことを「小さな魔女」と呼んだ。娘が失くし者であることも、彼女は少しも気にしていない様子だった。

そうだ。私は魔女なのだから。できないはずがない。

ふいに、周囲のざわめきが消えた。集中しているのだ。帆香の器はペンダントにある。血管を通って行くようなイメージで、胸元から腕へ、手のひらへ、指先まで。点と点が繋がったことを悟る。気付けば、帆香の手の上で、朝顔の種ほどの大きさの光が浮いていた。慎重に魔力を送り続けると、粒は真珠ほどになり、やがてお手本と同じ大きさまで成長した。

（できた！　できたできたできた！）

全身が、喜びと安堵に熱くなる。

そしてコツを摑《つか》めば、あとはもう簡単だった。光の大きさを変えてみたり、手のひらの上で転がしてみたり、点滅させてみたり。

「帆香ちゃんのそれ、星みたいで素敵ね」

同じく課題を済ませていたクララが、声をかけてきた。帆香も笑い返す。

「ありがとう」

「かわいくて、きらきらしてて、おいしそう」

「おいし……？　あ、ありがとう」

褒められているのだろうか。

それからは、帆香はクラスメイトと同等か、あるいはそれ以上に、魔法実技をこなしていった。恐らく不安が消えて自信がついたことが、いちばんの要因だったのだろうが、意外なことに他の生徒たちが、それほど魔法を使うことに長《た》けていなかったというのも、安心感に繫がった。そう、最初の光の玉こそみんなすぐにできたが、その次の「手の上に火球を出す」という課題から、早くも苦戦する者が出てきたのだ。

「手の上に火って、考えてみたらすごく怖くない？　熱いし」

休み時間、机に肘をついた実代が言った。次の授業は、その魔法実技なのだ。帆香自身は楽しみで仕方なかったが、一応声の調子は合わせておく。

「大丈夫だよ。根元はそんなに熱くないから」

「今どき、電気もガスもあるのに、火なんて点けられてもさー」

「家であんまり魔法って使わないいんだ？」

「使わないでしょ。え、なに、帆香の家って、やっぱ英才教育なの？」

慌てて否定する。

「そんなわけない。ここに来るまで、魔法なんて全然使ったことなかったし」

「それでできるって、じゃあもう才能だ。やっぱり大事なのは血筋ね。世の中は不公平だー」

確かに帆香は、火球を出し、火の色をオレンジから青に変えることができた。才能だろうか。だが才能があっても、持たざる者では意味がない。褒められて悪い気はしないが、手放しで喜べそうにはなかった。帆香は曖昧に笑う。その笑みを謙遜ととったのか、実代がさらにずるいずるいとさわぐ。

そこに、

「佐倉さん、だよね？」

声をかけてきたのは、入学式の日、帆香のことを見ていた女子生徒だ。その背後に、友人なのか、二人の女子生徒を従えている。

確か、名前は。思い出そうとする帆香に、女子生徒が笑いかける。目は三日月のように細くなったが、なぜか友好的には見えなかった。

「私、日野優梨《ひのゆうり》。覚えてない？　佐倉さんと同じ小学校だったんだけど」

続けて学校名を言われた。確かに同じだが、思い出せそうになかった。口を挟もうとする帆香に構わず、優梨はペラペラと喋り続けた。

「同じクラスになったことないし、覚えてなくても仕方ないよね。私だって、初めわかんなかったもん。だって、佐倉さん、あの時――」

魔女じゃなかったよね？

彼女の意図に気付いた時には、もうはっきりと、周囲に聞こえるような声で言い放たれていた。波が伝うように、クラス中が静まりかえる。

「え、それってどういう……何言ってんの？」

後ろで実代が呟《つぶや》くのが聞こえた。

突然のことに、帆香の頭は真っ白になる。こうなることを想像していなかったわけではない。できれば隠しておきたいとは思っていたが、何かの拍子にばれてしまう危険があることもわかっていた。

しかし予想以上だったのだ。大勢の、疑惑の目が帆香に集中していた。魔女ではない者がクラスにいるかもしれないというだけで、こんなに負の感情をぶつけられるとは思わなかった。これが確定してしまったら、どうなるのだろう。

そしてこうなることを、優梨がわかっていなかったはずがない。こうやって周囲を巻き込んだのは、どう考えても、わざとだ。

「魔法が使えるかどうかって、生まれつきでしょ？　日野さんの勘違いじゃないの？」

実代が半笑いで、重くなった空気を取り持とうとした。

「勘違いじゃないよ。小学生の時の佐倉さん、絶対普通の目してたもん。それに、あの辺ほとんど魔法使い住んでないからあんま知られてないけど、佐倉舞の娘が失くし者だって話、私たちの間じゃ有名だもん」

断言する優梨に加勢するように、後ろの女子たちが口々に喋り始めた。

「失くし者って初めて見た。ほんとにいるんだー」

「失くし者ってこの学園に入っていいの？」

「やっぱ、コネとか使ったんじゃない？」

「佐倉さん、違うなら違うって言いなよ。誤解されちゃうよー？」

まだ入学して間もないのに、よくここまで息を合わせられるものだ。それも質《たち》の悪い嫌がらせで。厄介なのは、彼女たちの中では帆香が失くし者であることが決定していて、そしてそれが事実なことだ。こうなったらどう言い返したところで、無意味だろう。それでも、毅然《きぜん》とした態度ではいられなかった。

「……放っておいてよ。ちゃんと授業受けられてるんだから」

はっきりとではないが、認めたのも同然だ。クラスが再びざわめく。しかしそれはもう、クラスに失くし者という異物が混じったことに対する嫌悪だった。帆香はそれらを無視して実代の方に向き直る。けれど実代は不自然に視線を逸らしてしまった。どうやら、佐倉舞の娘という肩書きより、失くし者であることの方が、彼女の中では重大なことのようだ。実代だけではない、クラスの誰もが帆香と目を合わせようとしなかった。

まるで、目を合わせたら石にでもされてしまうみたいに。

穏やかな学園生活への道は、閉ざされてしまったのだと、帆香は悟った。

「すごいね、失くし者なのにどうやって魔法使ってるの？」

優梨の揶揄《やゆ》に、帆香が何かしら言い返そうとした瞬間。

ダンッ！

教室中に響いた大きな音。再び静寂が訪れる。帆香が音の元凶を捜すと、驚いたことに、千夜が机を蹴ったらしかった。不自然に伸びた足が、戻っていく。本人は教室の騒ぎなど何も聞こえないとばかりに本を読んでいるが。

誰もが気まずげに黙り込んだ時、東海が教室に入って来た。

「授業を始めます、席に着きなさい」

彼女は教室の妙な静寂に気付いたようだったが、何も触れなかった。

優梨が千夜を見て、帆香を見た。不満そうに、席に戻っていく。帆香は静かにため息を吐いた。

恐らく千夜は、魔法レンタルの話をしてほしくなかったのだろう。どこかのタイミングで、自分の秘密がばれても、彼の秘密を暴露するつもりは全くないと、言っておかなければならない。これ以上、勝手に恨まれるのはたくさんだ。

しかし帆香の受難は、これで終わりではなかった。

「今日は、手の上で、火球の形を変えてみましょう。まずは前回の復習もかねて、火球を出してみてください。火を出している間は、よそ見をしないように」

クラスメイトたちは紛れ込んだ失くし者のことをいったん忘れて、各々の課題に取り組み始めたようだった。帆香も頭を切り替えて、授業に集中する。意地悪な同級生のことなんて、放っておけばいい。自分は彼らの顔色を窺うために苦労して魔法学園に入学したわけではない。立派な魔女になるために入ったのだ。そう言い聞かせても、心の苦みが完全に消えるわけではなかったけれど。

先生に言われた通り、手の上に火球を出す。小さな火の玉は、燃料もないのにぱちぱちと音を立てて燃えている。改めて、不思議な光景だと思う。

「では、次に、火の形を変えてみましょう。大きさを変えたり、色を変えたり、自由にしてみてください。ただし、大きくする時は周りに気を付けてくださいね」

帆香はもう大きさも色も変えることができる。次はどうしてみようか。他の色に挑戦してみようか。そう思ったが、ふと、持っている魔法書に書かれた魔法が頭をよぎった。帆香が持っている魔法書は、母が帆香の誕生日にこっそり贈ってくれたものだ。うれしかったが、祖母から隠すのに、それはそれは苦労した。

母の魔法を思い出す。手のひらの水を、雨に変えた魔法だ。冬の残りと夏の始まりが混ざる、春の風のような魔法だった。母の魔法は、魔法自体も、呪文を唱える声も、杖を使わないその指先の所作さえ美しかった。

（私も、あんな魔法が使えるようになりたい……）

それだけではない。失くし者というだけで蔑んだクラスメイトを出し抜きたいという思いも、少なからずあった。菓子谷は帆香が魔法を使えない者としてどこかに登録されていると言っていたし、遅かれ早かれ、知られてしまうことだったのかもしれない。けれどここまであからさまだと、どうしたって心は傷付いた。

帆香は手を薄く揺らした。火球が連動し、円を描くようにまわる。

そっと火に唇を寄せ、

「〈可憐《かれん》な花を咲かせて〉」

囁いた。

声が届いたのか、火の先がほぐれ、無数に分かれていく。それぞれが意思を持ったかのように外に広がり、呪文通りの、火の花が完成した。何枚にも広がる姿は、睡蓮《すいれん》の花みたいだ。まだ少し不揃いだが、初めてにしてはまずまずの出来だ。帆香は概《おおむ》ね満足する。自身の作り上げた魔法に惚《ほ》れ惚《ぼ》れと見入っていたところ、

「佐倉さん」

東海に名前を呼ばれて、顔を上げた。呪文を使った魔法は、まだしてはいけなかっただろうか。不安になったが、意外にも先生は笑顔だった。

「素晴らしいものができましたね。ここまでできる新入生は中々いません。前に出て、みんなに見せてもらえますか？」

「はい」

褒められて、うれしくなる。周囲の視線は気にならなかった。しかしそれがいけなかったようだ。優梨とその友人が、目配せしあったことに、気付けなかった。

火の花を手に咲かせたまま、席を立った。慎重に歩く。

その時。通路から足がそろりと伸びてきて、帆香のつま先にあたった。一瞬の出来事で、あっと思った時には伸びた足は引き戻され、帆香の身体は前に傾いていた。

「あっ……」

集中力が途切れ、火の花が手元を離れた。主《あるじ》を失った花は、花びらとして留《とど》まること

ができずに、一気に火柱に変わり、天井を焦がさんばかりに噴き上がった。周囲の生徒から悲鳴が上がる。

「下がりなさい！」

帆香が床にころぶのと同時に、東海の鋭い声が響いて、状況を把握する前に、頭から水の塊が降って来た。帆香は頭から見事にそれを被る。

まさに、水を打ったように静まり返る教室。呆然《ぼうぜん》としながら顔を上げると、東海が杖を持って立っているのが視界に入った。

「佐倉さん、怪我《けが》はないですか？」

青白い顔をさらに白くして、東海が聞いた。どうやら暴走した火を、水の魔法で消してくれたらしい。まだ呆然としている帆香の元までやって来た東海は、そっと腕を引いて立たせてくれた。

「す、すみませっ……、私、ころんでしまって……」

足を引っかけられたとは言えなかった。髪から滴り落ちる水を見下ろしながら、何とかそれだけを言う。

「私の方こそ。まだ魔法を使ったまま歩くのは危険でしたね。怪我はない？」

「はい……」

「今日はもういいから、寮に戻って着替えてきなさい」

教壇からは、伸ばされた足は見えなかったのだろう。帆香がひとりでころんだと思われたようだ。不幸中の幸いにも、怪我人はいなかった。この時の帆香は、そんなことにまで気がまわらなかったが。

とぼとぼと、みすぼらしい姿のまま教室を出る。

背後でクスクスと笑う声が聞こえた気がしたが、空耳だったかもしれない。けれど声に出そうが出すまいが、絶対に笑われていることは、よくわかっていた。

唇を噛む。泣くことはしなかった。ただ、被った水が、まだ頬を伝っていた。

5.

授業中の事件が決定打となり、帆香は見事にクラスで孤立した。さらに噂《うわさ》は瞬く間に広がったらしく、廊下を歩いているだけで後ろ指を指されることがあった。しかし帆香が最もショックだったのは、教師の中にさえ、差別する者がいたということだ。

幻想生物学という、一年生の必修科目がある。碧の目にしか映らない生物や植物を学ぶ授業だ。担当している赤口《あかぐち》先生は、割と有名な魔法使いの家柄らしく、名もない魔法使いはすべからく、欠陥品だと信じているようだ。失くし者の帆香などその筆頭で、まだ試験さえ受けていなかったが、早くも彼に劣等生の烙印《らくいん》を押された。

生物室で、長方形の水槽に、黄色がかった透明の魚が泳いでいる。それを指して、初老の教師は説明をする。鼻風邪でも引いているのかと思うような、こもった声だ。

「これは、魔力に引かれてやってくる、亡霊鯉《ぼうれいごい》という種類の魚だ。その名の通り鯉の群れに混ざるのを好む。城の堀や、公園にいるやつらだな。鯉ほど大きくはないが、こいつらには歯があるから、魔法使いが扱う場合は特に気を付けること。嚙まれるからな……、ああ、佐倉は触っても問題ないぞ」

一生懸命ノートを取っていた帆香は、予期せぬ言葉に顔を上げた。赤口の軽蔑しきった視線。教室のどこかからか、あの嫌なしのび笑いが聞こえてくる。帆香は顔を赤くして、ノートに視線を彷徨《さまよ》わせた。

「試しに、水槽に手を入れてみるか？」

「……嚙みつかれると思いますけど」

「はっはっは、いや何、冗談に決まってるだろう。授業を続けよう」

こんな感じだ。

実代や、時々言葉を交わしていたクラスメイトたちは、あからさまに帆香を避けるようになった。千夜とクララだけは態度を変えなかったが、前者からは元々嫌われていたし、後者は会話が嚙み合わなすぎる。帆香は独りで教室を出るしかなかった。

失くし者というだけで、こんな目に遭わされないといけないのだろうか。魔法学園に、本来魔法が使えない者がいるというのは、分不相応なのかもしれない。けれど菓子谷学園長は、確かに言ったのだ。帆香にも入学する権利はあると。今の帆香は魔法が使えた。それも、かなり上手に。器を持っているにもかかわらず、帆香よりできない生徒は大勢いる。そうやって、傷付く心を慰める。

そう、帆香は魔法が使える。そして、自分が今魔法を使えるのは、魔力をお金で買っているからだ。働かなければならなかった。

授業が終わると、帆香は山を下りる。

駅前の商店街の中に一軒、パンドラという喫茶店があった。店主は魔法使いで、純喫茶風の薄暗い店内の棚には、彼が世界中から集めた、よくわからない雑貨たちがごちゃごちゃと飾られていた。天井にはどこから仕入れてきたのか様々な植物やランプが吊《つ》ってある。今まで見た中で、ある意味最も魔法使いらしさのある空間だ。

「おはようございます」

もう夕方だが、挨拶はいつもこれだった。学園での憂鬱を振り払うように帆香は頬を軽く叩き、元気よく店に入っていく。ここは近所に娯楽のない学園の生徒が休日よく集まる店だったが、帆香が来たのは、客としてではなかった。

「あ、おはよう。帆香ちゃん」

挨拶が返ってくる。細めの輪郭に浮かぶ笑顔が爽やかな少年で、人のよさがにじみ出ていた。瞳は、アイスグリーン。海の波に洗われ角が取れた、やわらかなシーグラスを連想させる色だ。

「おはようございます。待鳥《まちどり》先輩」

彼は店長ではなく、魔法学園の生徒だった。二年生だから、帆香の先輩にあたる。この喫茶店でバイトをしていて、学園の掲示板に貼りだされた求人票を食い入るように見ていた帆香に声をかけたのも彼だった。今年卒業と共にひとり辞めてしまったらしく、ちょうどバイト求人を貼ろうとしていたのだそうだ。帆香は渡りに船と、その時給九百円の求人に飛びつき、晴れてバイトをすることになった。

学園では本来休日のみ、申請すればバイトできるようになっているが、特別な理由があれば平日の放課後も働くことができる。今回の帆香の場合は、特別な理由に含まれた。

更衣室に行って手早く着替え、エプロンを身に着ける。着替えずにエプロンだけ着けてもいいのだが、大事な制服が汚れてしまってはいけないので、白いシャツと紺のパンツに着替えるようにしていた。

最後に髪を後ろでひとつに結んで、店内に戻る。

「店長は買い出しですか？」

「いや、今日は昼だけだよ。週半ばの夕方は、そんなに混まないから」

「また見覚えのない物が増えてますね」

この店は、バイトに入るたびに、物が増えている。正直、ひとつやふたつ物がなくなっても、わからないんじゃないだろうか。今日は見たこともない多肉植物をぎちぎちに詰めた鉢植えが、レジカウンターの横に置かれていた。

「もうこれは店長の生きがいみたいなものらしいから、仕方ないね。俺たちは掃除に苦労させられるわけだけど」

「でも私、この店の雰囲気、結構好きです。魔法使いの家って感じ」

「何せ、本物だしね」

待鳥が片目を瞑《つぶ》ってみせる。帆香はそれに笑って応えた。

カウンターに入るが、今はコーヒーを飲む客が数人いるだけで、待鳥の言った通り空《す》いているようだった。

「疲れてない？」

聞きながら、待鳥はさりげなくお茶を出してくれた。授業が終わって休憩することなくすぐ出て来たため、ありがたくいただく。

学園からここまでは、自転車だ。去年辞めた先輩が寄付していったものらしく、そのまま帆香が使わせてもらっているのだ。行きは天国だが帰りは地獄で、だいたい途中で諦めて押して帰っていた。

「箒の許可が下りればいいんだけどね」

「えっと……まやかしの魔法ができて、空泳《くうえい》の試験に合格したら、でしたっけ」

離れているとはいえ一般の客がいるため、魔法関連の話は極力小声だ。

「そうそう。姿が隠せないと、自分たちだけで空飛んじゃいけないからね」

空泳というのは、空を飛ぶ授業の名だ。帆香たち一年生は基礎体力作りということで地面を走ったり、平均台の上を歩いたり、まだ箒にまたがってもいない。

「難しいんですか？」

入学してから、一度も敷地外を飛んでいる人を見たことがない。

「んー、まあ、そうなのかな」

ここで客のひとりが会計をしに立ったので話は中断になった。近くにいた待鳥がレジに向かったため、帆香は彼がやっていたシンク内の洗いものを引き継いだ。

出すメニューは割合本格的だ。コーヒーは豆から挽《ひ》く。帆香はまだまだ研修中で、今は主に、ホールや片付けを中心に手伝っていた。一方の待鳥は何でもこなしていて、店長からの信頼も厚い。

「今日もやってるんですか？　それ」

戻って来た待鳥に尋ねる。カウンターには、色々な材料が広げられていた。

「そうだよ。いいのを思い付いたんだ。完成したら味見して」

彼は最近、新ドリンク作りにはまっているらしい。店長からは「常識の範囲内だったら材料使って試していい」と、許可が下りているようだ。今回待鳥がこだわっているのは、碧色だ。本人いわく「碧の目をイメージしたメニューがあったら、魔法使いたちに受ける」ということらしい。だから出ているのも、抹茶とかメロンソーダとか、ほうれん草とかだ。

「ほうれん草……」

「あれ、帆香ちゃんほうれん草嫌い？」

「いえ、好きですよ。でも先輩が今作ってるの、ドリンクですよね？」

「ミキサーにかければ結構いけると思うよ。バナナとか林檎とかといっしょにさ。ほら、女の子ってそういう健康そうなのとか好きじゃない」

漠然とした言い方に、笑ってしまう。

帆香が失くし者であることを、待鳥は知っているはずだ。直接聞かれたことはないけれど、学園中に噂が広まっているし、何よりここに客として来る生徒たちが、帆香を見て目を丸くし、あからさまな者は顔をしかめる。

けれど、待鳥は普通に接してくれた。色々なことを教えてくれるし、こうやって世間話もする。無視したり、失くし者だからと馬鹿にしたりしない。

それは帆香にとって、本当にありがたいことだった。救われている、といってもよかった。だからバイトは全く苦にならない。平日入れる生徒は限られるので、待鳥とほとんどシフトが被るのだ。今のところ、店内で嫌がらせを受けたこともなかったし、多少の好奇の目くらい我慢できた。

「さっきの話の続きだけど、空泳の試験は、三年生でも全員受かるわけじゃないらしいよ。受からなかった生徒は、卒業しても飛んじゃいけないんだ。それでも飛びたかったら、専門の講習所に通うしかない」

最後の客が会計をして帰って行った時だった。待鳥が、手を動かしながらも、先ほどの話題を再開させた。自分たちしかいないため、声量も元に戻る。

「そんなに難しいんですね」

講習所に通うなんて車の免許みたいだなと思いながら、帆香が相槌《あいづち》を打つ。

「それもあるけど、昔よりずいぶん魔法の力が弱まってて、問題になってるとかって話を聞いたことがあるなあ」

「えっ、そうなんですか？」

それは初耳だ。

「うん。ここ最近の話ってわけでもないんだけどね。はっきりとした原因はわかってないらしくて、科学技術が発達した結果魔法が不要になったからとか、人間が魔法を信じなくなったからとか、色々言われているみたい。魔法学園だって、国が魔法存続のために作ったたって話だし」

何気ない世間話と同じ口調だが、内容はかなり衝撃的だった。

以前学園長が、現代において魔法は万能ではないと言っていたり、寮母の辻田さんも魔力低下がどうとかみたいな話をしたりしていた。あの時は、大人がよく言うやつだと聞き流したが、そういうことでもなかったらしい。言われてみれば、帆香より魔法がずっと身近にあったはずの生徒が、魔法をうまく使えていなかったりする。

そして他にも気になったのは、

「学園に出資してるのって、国なんですか？」

あまり魔法社会に関して無知であることを晒したくはなかったが、気になってしまった。それに待鳥は帆香が世間知らずでも、気にせず教えてくれる。

「そうだよ。学費無料でしょ？　俺たちみたいな苦学生には助かるよね」

先輩はあっさり肯定した。

「でも、魔法使いの存在って、普通の人に知られちゃまずいんじゃ……」

「政府の中でもかなり特殊な分野で、知ってる人間も限られてるんだと思うよ」

「やっぱり、秘密ではあるんですね。だけど、どうして魔法使いでもない人たちが、魔法使いを保護したりするんです？」

絶滅危惧種を守るようなものなのだろうか。檻《おり》の中の珍獣を連想して、少し複雑な気分になった。

「魔法使いたちにしかできないことがあるからだよ」

「例えば？」

何だか授業みたいだねと、待鳥が笑う。

「うーん、俺もそこまで詳しいわけじゃないけど、代表的なのはやっぱ流浪の魔法使いじゃない？　あれって政府直々の役職のはずだし」

「具体的には、何をする人たちなんですか？」

「どうなんだろう。特別な任務を請け負ったりするのかな。ほら、俺たちじゃないと見えないものとかあるじゃない」

幼い頃、母に流浪の魔法使いとは何をするのか聞いたことがある。母は笑って、旅をして、色々なものを見るのよと答えた。当時の帆香にはよくわからなかったけれど、さらりと言った母をかっこいいと思ったのは覚えている。

漠然と、自分もいつか流浪の魔法使いになれたらいいなと思ったものだが。調べてみたらとんでもなかった。

「……流浪の魔法使いも、試験に合格しないといけないんですよね。それも、かなり難しいって聞きました」

まず受験資格を与えられるのが、月船魔法学園の中でも成績上位の者数名のみという狭き門だった。しかも内申点は一切関係なく、純粋な魔法技術のみを考慮される。数年に一人受かればいいという状況らしかった。

「そうだね。それこそ魔力低下なんて考慮されずに、昔通りの試験みたいだよ。まあ、大抵の生徒には、あんまり縁のない話だ。だからこそ憧れの対象になるんだろうけどね。帆香ちゃんも流浪志望？」

「………一応」

例えばこれを教室で言えば、失くし者の分際でと馬鹿にされるだろう。悔しいが、帆香自身もそう思っていた。魔力を他人から借りている者が、魔法使いの代表とも呼ぶべき高位職に就きたいだなんて。たとえ成績上位者になったとしても、受験資格をもらえるかどうか。

落ち込む帆香をよそに、待鳥は楽しそうに話を続けた。

「いいじゃないか。この店から流浪の魔法使いが出たなんてなったら、俺も自慢できるし、店長も喜ぶよ」

現実を無視した、友人同士の軽い励ましだ。だが今の帆香には、それがうれしい。

「はい！　がんばります！」

流浪の魔法使い。母は今、何を見ているのだろう。どこを旅しているのだろう。魔法書を贈ってくれたり、魔法レンタル屋の存在を教えてくれたり、帆香が助けを必要としている時に手紙が届くことはあるが、帆香からは連絡を取ることができない。電話もメールも、連絡手段ならいくらでもあるこの時代に、だ。なぜ帰って来なくなってしまったのだろう。祖母の葬式さえ、母は帰って来なかった。もっとも、魔法嫌いの祖母と魔法使いの母は、水と油のようにわかり合えず、仲が悪かった。

けれど、もしかして、失くし者の自分に愛想を尽かしてしまったのだとしたら？

帆香は不安を払うように、働いた。けれど結局その日、店は最後まで空いていて、帆香は店のまかないと、ほうれん草のスムージーを飲んで帰ったのだった。味はおいしかった。

6.

五月に入った。帆香は無事にその月の分のレンタル代を払うことができた。実を言えば月末に入ったバイト代では若干足りず、貯金を崩すことになったのだが。

生徒たちからは相変わらず距離を取られていたものの、悲しいかな、それにも慣れ始めていた。魔法のことさえ勉強できればいい。嫌われたところで、支障はない。そう前向きに捉え、勉強にバイトに精をだしていた。ただ、それでも時々困ることもあった。例えば、授業で二人一組を作りなさいという時とかである。誰も帆香を誘わないから、余り者同士で組むことになる。そうなると、

「帆香ちゃん、よろしくね」

必然的にあの不思議少女の胡桃クララと、となるのだ。

彼女と組むのが嫌なわけではない。クララは良くも悪くも人によって態度を変えない。

ただ、話が嚙み合わないのだ。

今回は、それに加えて問題があった。

朝早い校庭。生徒はみんな紺色のジャージ姿だ。

「今日は、初めての実技試験です。三人一組で行ってもらいます」

黒の日傘を差した東海先生が、整列している生徒たちに聞こえるように、声量を上げて話している。

ここでいう問題はふたつあった。ひとつは大事な試験を、コミュニケーションの取りづらい相手と受けて合格できるのか。もうひとつは、人数。二人ならクララと組めば話が終わるのだが、三人となると、もうひとり必要になる。

未練がましく実代を横目で見るが、もう別のクラスメイトと三人グループを作ってしまっていた。あの一件以来、教室で実代が後ろを向くことがなくなった。今回は二組と合同のため、遠くに英美も見えたが、こちらもグループは出来上がっていた。

優梨たちのグループはあからさまにこちらを指差して笑っている。

「ねえ、クララ。もうひとり、どうしようか」

ひとまず、空を見上げてにこにこしている相方に相談してみる。

「あ、帆香ちゃん見て見て、雀《すずめ》が飛んでるよ。あったかくなったから、雀もスリムになったよね。わたしは、冬のふくらんだ雀も好きだけど」

「……そうだね」

(空を仰ぎたいのは私の方だよ……)

だが自分がしっかりしなければ。グループからあぶれた人を迎え入れるのが得策だが、どう考えても自分たちはハズレ組だ。それでもできれば、嫌々だとしても試験には真剣な人がいい。周りを見まわす帆香に、けれど意外な人物から声がかかった。

「おい」

千夜がひとりで立っている。

「俺と組め」

身長差のせいで視線が上からなのは仕方ないとして、言葉もずいぶん上から目線だ。何て横暴な言い方だろう。帆香は一瞬自分の立場を忘れてぴしゃりと、「お断りです！」と言ってやりたくなった。何とかこらえたが。

「組む人いなかったの？」

「そんなわけないだろ。お前といっしょにするな」

それはそうだ。千夜は帆香に対しては最悪な接し方をするが、クラスメイトとはちゃんとやっているようなのだ。何より彼は優秀で、魔法の扱いにも長けていた。入学早々周囲から一目置かれている。彼と組みたい生徒は大勢いるだろう、帆香と違って。現に優梨たちが、痛いほど非難の視線をぶつけてくる。

「じゃあなんで？」

「何でもいいだろ」

また理由をはぐらかされる。階段の踊り場で取り決めをした時もそうだった。文字数制限があるみたいな、短い喋り方。思い出して、そういえば千夜に、自分の秘密がばれても、彼の秘密は守ると伝えていなかった。もしかすると、そのことで話したいことがあるのかもしれない。

「胡桃も構わないだろ？」

帆香が唸《うな》るだけで返事をしないのにしびれを切らしたのか、千夜は声をかける相手を代えた。

「いいよ。よろしくね」

クララはどこ吹く風だ。間を流れる空気が冷たいことなど、気付きもしない。

「……わかった」

自分だけ意地を張っているのも馬鹿らしくなって、ため息交じりに頷いた。少なくともこの二人となら、技術的にはなんら問題ないはずだ。他の問題があり過ぎるが。

「グループができましたね。それでは先生に付いて来てください」

東海が歩きだし、ぞろぞろと生徒たちがあとに続く。

「どんな試験なんだろうねー」

初めてクララが真面目なことを口にしたような気がする。

「わからない。外ってことは、本格的に魔法を使うのかも」

試験があると発表があった日、バイトで、そのことを待鳥に話した。あわよくばアドバイスをもらえないかと思ったのだが、何も教えてもらえなかった。あの人の良さそうな顔に精一杯人の悪い笑みを浮かべて、「がんばって。帆香ちゃんなら大丈夫だよ」と根拠の乏しいエールをくれただけ。

前を歩く生徒たちの会話が聞こえてくる。最初は勝手に耳に入っていただけだが、

「ねえ、知ってる？　昔、この試験で行方不明になった生徒がいて、その生徒の亡霊が試験会場に出るって噂」

内容が中々物騒だったため、気付けば耳をそばだてていた。

「知らないけど、そういう話って、どこにでもあるよね」

「だけど、去年、この試験で本当に行方不明者が出たんだって！　二年の先輩が言ってたの。試験中ひとりの生徒が戻って来なくて、総出で捜しまわったんだけど、見つからなかったって。そしたら次の日、何事もなかったように帰って来たの」

「人騒がせだね」

帆香も同じ感想だったが、話には続きがあるらしい。

「でさ、その生徒、いなくなってた間のこと、なーんにも覚えてなかったんだって！　しかも、魔力がすっからかんになってて、しばらくは何の魔法も使えなかったみたい。昔行方不明になった生徒に連れ去られかけたんじゃないかって、しばらくその話題で持ち切りだったらしいよ。去年まで二人組だったのが、今年から三人になったのは、そのせいなのかも」

「これから試験なのに、怖い話しないでよー」

後輩を怖がらせるための与太話だろうか。いまだ試験の内容が明らかになっていないせいで、断片的な話はかえって恐ろしい。だが、試験が去年と同じ内容であるなら、教師たちはその事件を問題視しなかったということだ。自分たちが気にする必要はないだろう。

隣では、クララが校庭の砂をわざと蹴るようにして歩いている。埃がたつからやめてほしい。反対側では、千夜が遠慮のないあくびをしていた。噂話が聞こえたかはわからないが、緊張感がまるでない。帆香はひっそりとため息を吐いた。

校庭を横切り、しばらく石畳を歩くと、鉄柵に囲まれた古い擬洋風建築の前に出た。寮から校舎までの道から遠目に見える、あの塔の付いた建物だ。遠くからだとわからなかったが、近くで見ると相当古いことがわかる。外壁は半分以上蔦《つた》に侵食されてしまっていて、元の建材を判別するのが難しいくらいだ。

門前には二組の担任の他に、試験の補助に当たるためか、幻想生物学の赤口先生と、事務員の小湊さんまで待機していた。そんなに大がかりなのだろうか。

東海が、他の教師と合流したところで足を止めた。

「試験会場は、この旧校舎です」

今帆香たちが通っている校舎が綺麗だったのは、単純に新しいからだったようだ。だが、なぜわざわざ旧校舎で試験をするのだろう。新校舎ではだめなのだろうか。

「今回の試験は、基礎の魔法ができているかを見るためのもの。同時に試験の内容は、杖の材料になる木の枝を持ち帰ってくることです」

ついに念願の杖を使えるようになるらしい。試験内容がそのまま次のステップに繋がるのはおもしろい。しかしこの旧校舎から何かを探す、というのが課題になるほど難しいとは思えなかった。まだろくに魔法も使えない自分たちに適切な試験は、これくらいなのだろうか。

「この旧校舎は一見、普通の建物に見えますが、中は——」

いつも端的にものを言う教師にしてはめずらしく、そこで一度言葉を切った。そんなことをしなくても、生徒たちはみな彼女に注目していたのだが。

「中は、迷宮になっています」

静けさの種類が変わった。緊張から困惑に。

迷宮とは、一度入ったら出られなくなってしまうという、あの迷宮だろうか。しかしどう見ても、旧校舎は何の変哲もない、古い建物だ。尖塔《せんとう》が付いているのは少し珍しいかもしれないが、それだって高さにしたらいくらもない。

毎年新入生たちは、同じ表情をするのだろう。東海は気にせず説明を続けた。

「外からは普通に見えますが、中は特殊な状態で、見た目よりもずっと広くなっています。そして独自の生態系が広がっています。だけど心配しなくても大丈夫ですよ。あなた方が踏み入れるような場所は、そこまで危険ではありませんから」

一体どこが大丈夫なのか。帆香は先ほどの、行方不明者が出たという噂話を思い出していた。迷宮となると、あの話の信憑性《しんぴょうせい》が増してしまうではないか。

赤口が、片手で持てるくらいの段ボール箱を、生徒たちの前に置いた。

「この中には、杖の材料になる木の、種子が入っている。ひとグループにつきひとつ、好きなのを持っていけ」

生徒たちが箱に群がる。帆香のグループは、千夜が代表で取りに行った。というか、勝手に行ってしまった。

種は、透明なプラスチックの箱に入っていた。固定するために、綿が詰まっている。

箱を開けて、三人で覗《のぞ》き込《こ》む。

「かわいい。赤い彗星《すいせい》みたい」

クララが両の指を合わせる。

初めて見る種だった。向日葵《ひまわり》の種を細くしたような形をしている。大きさはチューリップの球根くらいで、けれど驚くのはその鮮やかさだ。鬼灯《ほおずき》のように赤い。先端に穴が空けられ、細い金色のチェーンが通されていた。

生徒たちが一通り観察したのを見計らって、赤口が説明を始めた。

「これはトネリコという木の種だ。だが普通のトネリコじゃないぞ。魔力を吸い上げることのできる特殊なトネリコだ。魔力を通すのに長けているから、杖の材料として昔から重宝されてきた。それがこの旧校舎の中に生えているんだ。この学園の生徒は全員、ここの木でできた杖を使っている。それが我が校の伝統だ」

「それでは、木の探し方の説明をします」

東海が話を引き継ぐ。話を止められた赤口が彼女を睨んだが、知らんぷりだ。

「この種子に鎖が付いていますね。その鎖の端を持って、魔力を手のひらに送ってみてください」

千夜が種を箱から取り出し、指示に従う。すると、種子はぼんやりと赤く光り、そして風に吹かれたように、北に向かって揺れた。全グループの種子が、同じ方向を示した。

「この木は、群生するために仲間の木の近くに種子を落とします。そこで魔力を与えると、このように反応して、仲間の元に行こうとするのです。つまり、魔力を与え続けて種に木の元まで導いてもらう、という試験です」

なるほど、まだ手のひらの上でしか魔力を操れない自分たちには、ぴったりの試験だ。なぜその木が旧校舎に生えているのかは謎のままだが。

「ちなみに、中に入ったら、常に誰かが魔力を送っている状態にしてください。少量ずつだと種子の方向感覚が鈍ってしまいます。では、先生が指示しますから、順次、呼ばれたグループは入ってください。時間制限等はありませんから、あせらないで。あくまでも三人で協力して、目的地にたどり着くことが大切です。何か質問はありますか？」

前にいた生徒が手をあげる。

「はい。帰り道はどうすればいいんですか？」

「いい質問ですね。木の生えている場所に赤口先生が待機していますから、指示を受けてください」

「先生、脱落したグループはどうなりますか？」

「それもいい質問ですね。補習になります」

生徒側からブーイングが起こる。

前にいる男子生徒がふざけた調子で、隣にいた男子の腕を小突く。

「何か肝試しみたいだよな」

「ばっかお前、まじで出たらどうすんだよ」

帆香はそんな風にふざけていられない。かつての学《まな》び舎《や》が、不気味に見える。東海の言っていた、独自の生態系というのもかなり気になった。彼らは生まれつき碧の目を持っているから様々なものに見慣れているかもしれないが、自分はそうではない。余計なことをしでかして、他の二人の足を引っ張ってしまうかもしれないのだ。

流浪の魔法使いになるためには、こんな最初の試験で失敗するわけにはいかないのに。そういった諸々《もろもろ》が、帆香の緊張をつのらせた。

ちょいちょいと肩を叩かれる。振り向くと、種に飽きて、箱の中の綿で遊んでいたクララが、握りこぶしを帆香に差し出した。

「なに?」

「あげる。いいものよ」

「いいもの?」

不安になる。その辺の石ころでもくれるならまだいいが、変な虫とか渡されたらどうしよう。本人はにこにこと笑って、悪意の欠片もない。悩んでいても仕方がない。今ここで関係を悪化させるわけにはいかないのだ。仕方なく、帆香は手を出す。

渡されたのは、小さな瓶だった。

「これ……」

「金平糖。帆香ちゃん、食べたがってたでしょ？」

いや、一度も食べたがったことはないが。

瓶の中身は、いたって普通の、カラフルな金平糖だった。瓶が手のひらを転がると、からんころんと、黄色やピンクの粒がまわった。

「購買に売ってなかったから、お母さんに頼んで送ってもらったの」

帆香は手を持ち上げて、金平糖を陽にかざす。きらきらと、陽射しが金平糖たちの隙間をくぐった。

まさか一か月以上も前にした話が、まだ続いていたとは。食べたかったどうかはおいておいて、そこまでして自分のために手に入れてくれたのは、素直にうれしかった。だがしかし、なぜ金平糖なのだ。それもあったし、わざわざこのタイミングで渡してくるのもおかしい。

ついに帆香は、気が抜けたように笑った。

「ねえ、何で私が金平糖食べたいって思ったの？」

「えっとね、帆香ちゃん、いつも身体かたくしてるじゃない？　緊張してるというか。そういうのって疲れちゃうから、甘い物食べたりかわいい物見たりして、癒やされるのがいいんだよ。金平糖ってかわいいし、食べたら甘いでしょ？　ほら、ね？」

驚いた。返ってきたのは、かなりしっかりした理由だった。帆香はクララという人物を、少しだけ理解した気がした。彼女は何事も唐突なだけで、話が通じないわけでもないし、マイペースなだけで、その実、人のことをよく見ているようだ。

帆香は、金平糖が急に宝物に思えて、大切に握りしめた。

「……ありがとう。大事に食べるね」

クララがにっこり笑う。

「おい、俺たちの番みたいだ。遊んでないで行くぞ」

不機嫌そうな千夜にせかされ、もらった金平糖をあわててポケットにしまう。

三人で正門に走る。東海が待っていた。

「あなたたちは大丈夫だと思いますが、何かあったら、これを鳴らしてくださいね」

「防犯ブザー……？」

東海に手渡されたそれは、よく小学生がランドセルなんかに付けている、丸い防犯ブザーだった。紐《ひも》を引くとけたたましく鳴るタイプのやつだ。不審者でも出るのか。

「古典的と思ってばかにしてはいけませんよ。これがいちばん見つけやすいんです」

「そこは文明の利器に頼るんですね」

迷宮と防犯ブザー。温度差に風邪を引いてしまいそうだ。

「次のグループのためにも、開けた扉は閉めてくださいね。十分に距離をとるようにしていますが、前のグループに当たったら、しばらくその場で待機してください」

「わかりました」

三人で頷く。そして、東海に見送られるようにして、正門を通り抜け、敷地内に足を踏み入れた。


張り出たポーチをくぐり、重々しい扉を開け中に入る。

「すごーい、緑のトンネルだ」

クララが歓声をあげた。

本来、中は広間のようなエントランスになっているはずだった。しかしとてもそうは見えず、クララの言う通り、緑のトンネルが広がっている。外を覆っていた蔦が内部に入り込み、壁や天井にまで達しているのだ。それどころか、様々な植物が、好き勝手に生い茂っている。帆香の足元には、クリーム色をした小さな花が咲いていた。床板はあちこち補強されているため、抜け落ちることはなさそうだが。

どこかでムクドリが鳴いた。

「誰が最初にこれを持つ？」

千夜がトネリコの種子を、他の二人に見せるように掲げる。

「あっ、わたしやってみたい！」

クララが手をあげて立候補をした。千夜が確認するようにこちらを見たため、構わないという意を込めて頷いた。

本人の希望が通って、クララが最初に種子を持つことになった。魔力を送り込むと、種子はぼんやりと赤く光り、建物の奥を示す。三人はその方向に歩き出した。

意外にも電気が通っていて、校舎の中は明るい。

「試験のために、わざわざ電気を通してるのかな？」

何気ない帆香の疑問に、千夜が反応を見せる。

「それもあるけど、この校舎に自生してる植物は俺たち魔法使いにとっては重宝する物ばかりだから、植物園として機能させてるらしい。迷宮化してるのも、この蔦が伸びて勝手に空間を広げてるせいだ」

「詳しいんだね」

褒めたつもりだったのに、渋い顔をされた。こんなことは常識で、馬鹿にされたと思ったのかもしれない。その辺りの判断は、帆香にはやはり難しい。

しばらく歩いたところで、

「ふーっ、疲れちゃった……」

「代わる」

種子は、クララから千夜へ渡った。魔力を手のひらに送るには、集中力が必要だ。簡単なように見えても、常にというのは、やはり気力を使う。それゆえの三人一組なのだろう。

お母さんがこの学園に通っていた時にも、この試験はあったのだろうか。自分の番ではないのをいいことに、ふと、帆香はそんなことを思う。母はどんな学生だったのだろう。優秀だったとは聞いているが。学園生活を送っていても、帆香が母の影を見ることはなかった。どの教科が好きなのかとか、お気に入りのランチのメニューとか、そういう想像が、帆香にはできない。恐らく、今の母親のことさえ、よくわかっていないせいだろう。

（それにしても、ここ、方向感覚がおかしくなりそう）

広く、似たような景色。同じ窓、同じ扉。他にも何らかの要素があるのか、時間が経《た》つにつれて、自分たちがどこから来たのかわからなくなる。種はいまだ同じ方向を指し続けている。古いとはいえ校舎であるからそれなりに巨大な建物だったが、それを差し引いても広すぎる。

「この教室の方を指してるみたい」

種の向きが変わったのを見て、帆香が言った。

「最短距離を指してるってだけだろ？　教室の中じゃ、行き止まりだ」

「ここがゴールなのかもよー？」

クララが、横扉を引く。中を見て、三人とも理解した。ドアの向こうは、また別の廊下に繋がっていたのだ。

「これじゃあ、なんとなくで歩くのは危険ね……」

先生に注意された通り、扉を閉め、また歩き出す。さらにしばらく歩いて、帆香はまだ自分の番がまわってきていないことに気付いた。千夜はやはり優秀で、まだ集中力を欠いていないのだろう。そう思って彼を見ると、手元がかすかに震えていた。明らかに疲れている。

これは推測だが、素直に言い出せないのだ。代わってほしいと。

「ねえ、そろそろ代わるよ」

「……まだ平気だ」

案の定強がるような声が返ってきた。

「そうじゃないよ。千夜君がよくても、試験なんだから、ちゃんと全員がやらなくちゃ。どれくらいかかるかもわからないし、早めに交代してほしい」

言葉を選びながら説得する。千夜は帆香への態度は悪いが、学業に対しては真面目だ。しばらく黙っていたが、今は試験中で、チームワークを乱すような意地を張っている場合ではないと気付いたらしい。それ以上何も言わずに、帆香に種を渡した。

帆香の番になった。チェーンを握り、難なく魔力を種子に送り込む。だが、歩き出すと、思ったより集中力が必要なことがわかった。足元に気を取られたりしていると、すぐに手元がおろそかになる。魔力を手のひらに出すという、初歩的な魔法だけでこれなのだ。実際にもっと高度な魔法を使うようになったら、より大変なのは想像に難くない。改めて、魔法には集中力が不可欠なのだと思い知った。必要なのは、魔力の有無や想像力だけではないのだ。

やがて種子はクララに戻り、千夜に渡り、そしてまた帆香の番がきた。

「いつ終わるのかな……」

さすがのクララの声にも、不安が滲《にじ》んでいた。もはや自分たちが旧校舎のどの部分を歩いているかもよくわからない。そして方向だけでなく、同じような景色のせいで、時間の感覚さえも曖昧だった。

「一年生のレベルを考えると、そろそろ着いてもいいはずだよね。試験っていっても、いきなり誰も受からないようなものを、学園側も設定しないだろうし。そうだったら、今頃あちこちで防犯ブザーが鳴ってるはずだよ」

帆香は種に集中できる範囲で考えて、返事をする。

「でも、ずっと、ずーっと、このままだったらどうする？」

「そうなったら、まあ、困るけど……」

「だって帆香ちゃん、さっきから、ずっと同じ景色だよ」

「似たような景色だから、そう思うだけでしょ」

それまで女子の会話に参加せず歩いていた千夜が、急に足を止めた。クララが気付いて同じように立ち止まり、

「千夜くん、どうしたの？　疲れちゃった？」

その声に、先頭を歩いていた帆香が最後に足を止めた。

「いや、胡桃の言う通りかもしれない」

「まさか」

いい加減集中力が切れ、種をクララにまわした。三周目に突入したことになる。

「佐倉は種を持ってて気付かなかったかもしれないけど、足元見てみろよ」

言われた通り、下を見る。植物が、折れて床に染みを作っている。誰かに何度も踏まれたように。

「前のグループが踏んで行ったとかはない？」

「いや、思い付いて目印に花弁を落としてみたんだけど、やっぱり落ちてる」

そう言って千夜が指したのは、茎を失って早くも色褪《いろあ》せ始《はじ》めている、不自然に散らばった小さな花弁たちだ。

「この子、自分がどこに向かうか、わからなくなっちゃったのかな？」

クララが種を突《つつ》く。突かれた種はけれど、頑《かたく》なに同じ方向を指した。

千夜が同意する。

「不良品だったのかもしれない。ブザーを鳴らして教師を呼ぶか？」

「……待って。もしこれも試験の内だったら、私たち失格になっちゃうよ！」

こういった事態に陥るのを、教師たちが想定していたとしたら。乗り越えるのもまた、試験内容に含まれる可能性がないとは言い切れないのだ。

待ったをかけたのは自分なのだから、何かしら解決策を考えなければと、帆香はしばらく頭を捻る。

「一度あえて道を外れてみるのはどう？　そしたら違う道を指すかも。ほら、ナビとかでも、別の道に入ると、新しいルートを検索してくれるじゃない」

魔法とナビをいっしょにするのもどうかと思ったが、そう提案すると、意外にも千夜がすぐに同意した。どう見ても負けず嫌いそうであったし、彼もリタイアするのは嫌なのだろう。

「……そうだな、その辺のドアを開けて入ってみるか」

いちばん手近にあった扉を引いてみる。目の前に、階段が現れた。

「あ、方角が変わったよ！」

クララが種を掲げた。確かに、今度は階段の上を指している。果たしてそれが正解かはわからないが、戻ってもまたぐるぐると同じ場所をまわるだけだ。

階段を上がると、今までの中でいちばん広い場所に出た。蔦で覆われているのは変わらないが、教室をふたつ繋げたくらいの広さはある。電灯は大部分を蔦に覆われ、薄暗い。部屋の隅にはほとんど光が届いていなかった。

そしてその闇の中に、何かがいた。

影が蠢《うごめ》いた瞬間、帆香の口から勝手に悲鳴が上がりそうになった。だが間一髪で手が伸びてきて、口を塞がれる。千夜の手だった。

「静かにしろ」

口パクでそう伝えられる。少しだけ冷静さを取り戻した帆香は、こくこくと首を縦に動かした。口を覆っていた手が、ゆっくりと離れていく。けれど努力も空《むな》しく、その何かはこちらに気付いてしまったようだ。

闇の中から、何かがずるずると這《は》い出《で》てくる。

（人……？　ううん、違う）

人だと思ったのは、噂話を思い出したからだ。試験中に行方不明になった生徒に連れ去られてしまうという、あの噂だ。けれどよく見ると、人ではなかった。だが、それを喜んでいいのかどうか。

それはまるで、悪夢から飛び出して来たような姿をしていた。無理に形容するなら、緑の沼地を這いずりまわる巨大蝙蝠《こうもり》、といったところだろうか。長さの違う翼のような手で這いずるようにして、明るみに出てくる。

濁った碧の目が、三人を捉えたようだった。

危険だ。肌にふれる空気で、そう感じた。

「……逃げるぞ」

千夜が二人の背中を押した。三人は急いで階段を駆け下りる。元の廊下に戻り、扉を閉めた。千夜が扉の把手《とって》に手をやる。すると、みるみる把手が凍り付き、最終的に、扉全体が凍り付いた。

「これでしばらくは時間が稼げるはずだ」

「どうしよう」

この道はなぜか元の場所に戻って来てしまうし、下手に他の道を選ぶのも恐ろしい。

「あんな化け物、どう考えたって想定外の事態なんだから、もう諦めてブザー鳴らすしかないだろ」

千夜の意見は一見正論だったが、

「今ブザーを鳴らしたら、それこそあいつに居場所を知らせるようなものじゃない」

帆香は小声で反論した。

その時、何かが階段を下りてくる音がした。ぴちゃりぴちゃりと水っぽいその音は、間違いなくあの蝙蝠だろう。追って来たようだ。光の下に現れた時の姿を思い出して、鳥肌が立った。

「とにかく、距離を取るんだ。この場から離れるぞ」

千夜は語気を強くした。

ここでクララがずっと黙っていることに気付く。恐怖にへたり込んでいるのかと思いきや、少し違った。律儀にも彼女は種子に魔力を送り続けていて、けれど固く目を閉じていた。

「クララ、何してるの、逃げなきゃ」

「あのね帆香ちゃん、見たくないものがある時は、瞼を閉じてしまうのがいいの。本当は耳も塞いじゃうのがいいんだけど」

「そんなこと言ってる場合じゃないでしょ」

強引に、腕を取って立ち上がらせる。千夜がクララの持っていた種を代わりに持った。何とか三人で、足音を立てないようにしながら進む。しかしこの迷宮を逃げるのは容易ではない。もはや出口がどこにあるかなど、思い出せない。

それでも距離を取ると、少しだけ考える余裕が生まれた。クララのことだ。何かが、帆香の中で引っかかっていた。そうだ、金平糖のことだ。いや違う、金平糖のことではない。そうじゃない。自分の世界にこもっているようで、核心を突いてくる言葉のことだ。

（見たくないものには、目を閉じる……）

魔法使いの目では、見たくないものも、見えてしまう。

けれど、魔法使いの目でなければ？

「そうだ……、私、見なくて済むかも」

怪訝《けげん》そうな顔をする千夜に向かって、自らの胸を叩いてみせる。そこにあるのは、レンタルしているペンダントだ。

「これを外して碧の目じゃなくなれば、この迷宮も普通の校舎に見えるんじゃないかな。迷宮になってるのって、魔法じゃなくて、この蔦のせいなんでしょ？」

「そう……なのか？」

彼らは生まれた時から碧の目を持っているのだから、ピンとこなくても仕方がない。実際のところ、帆香自身も、この旧校舎が人間の目だとどう映るのか、今一つ想像できない。

けれど、可能性のあるものは、全て試さなくては。

急いでペンダントを首から外し、一時的に千夜に渡す。目を閉じ、深呼吸する。

ゆっくりと目を開けると、目の前に千夜とクララがいた。瞳の色は、ふたりとも濃い茶色。つまりよく見る日本人の瞳の色だ。落ち着いてから、周囲を見渡す。

すると、

「迷宮じゃなくなったみたい……」

ただただ真っ直ぐ、廊下が続いていた。不思議なことに、あんなに生い茂っていた植物の数も減った。きっと、人間にも見える植物だけが残っているのだ。あの不思議な蔦はまだ見えたが、碧の目で見た時より茂り具合の規模が小さい。ただのありきたりな蔦に見える。目に見えないだけで、存在はしているのだろうけれど。

窓は全て板で塞がれているため、外の様子を見ることは叶わないが、だいたいの位置はわかる気がする。

出口に向かおうとする帆香を、クララの手が止めた。

「待って帆香ちゃん。あのね、わたしもよくわかんないんだけど、多分、帆香ちゃんがひとりで歩き出してしまったら、わたしたちと歩幅が違うから、帆香ちゃんとはぐれちゃうような気がするの」

見えているものが違うから、帆香がここから数歩でも動けば、迷宮を大きく移動したことになり、姿が見えなくなる可能性がある、ということだろうか。

そうなるかはわからないが、そうなったらまずい。ここではぐれて、ふたりを置き去りにするわけにはいかなかった。

「……わかった。じゃあ、手を繋いでいきましょ。それなら多分大丈夫」

提案すると、千夜が露骨に嫌な顔をした。

（こっちはあなただけここに置いて行ってもいいんだけど！）

無言の圧力をかけると、しぶしぶ、失礼なくらいしぶしぶといった感じで、手を差し出してきた。右手をクララと繋ぎ、左手で千夜と繋ぐ。自分たちを見ている人がいなくてよかった。これは意外と恥ずかしい。

体温を忘れるためにも、帆香は二人を引っ張るようにして、進んだ。

「不思議な感じ」

クララがくすぐったそうに笑った。やはり何かしら違和感があるようだ。

順調に進んでいたが、もうすぐ出口という時、千夜が帆香の手ごと身体を引っ張って足を止めさせた。

「何よ？」

「種が反応してる」

トネリコの種は、帆香にも見えた。ただ、赤くはなかった。普通の大きな種だ。今は千夜が持っていて、彼の言う通り、大きく一方に向かっている。帆香がその方面を見ると、どうやら玄関から真っ直ぐ行った扉の向こうを指しているらしい。

「またあの化け物を指してるってことはないよね……？」

今の帆香には、あの存在を認識できないかもしれないのだ。それはそれで、とても恐ろしい。

「いや、揺れ方が今までと違う」

「……わかった。行ってみましょ」

今度は右手が引かれる。

「帆香ちゃん、わたしもう疲れたよ……」

「このまま手ぶらで帰ったら補習だから、もっと疲れるよ」

「うう……」

右手から力が抜けた。

迷わず旧校舎を突っ切るように歩いて行く。突き当たり。鉄製の重い扉を開けると、

「外だー！」

先ほどまでの元気のなさはどこへいったのか、クララが歓声をあげた。

中庭のようだった。庭の中心には、トネリコの大木が生えている。とてつもない巨木であったから、広げた枝と葉で、庭を覆い尽くしてしまう勢いだ。それらを支える太い幹のそばに、赤口先生が立っていた。どうやらここがゴールだったようだ。着いてみれば、あまりにあっけない。

放心したように木を見上げていると、千夜に手を振りほどかれた。そういえば繋いだままだった。目の前にずいと、ペンダントを押し付けられる。

「早くかけろ。赤口に見つかったらまた嫌み言われるぞ」

　完全に忘れていたが、帆香が千夜の目を茶色と見るならば、千夜もまた帆香の瞳を茶色と見ているのだ。確かにあの魔法使い至上主義の赤口にそんな姿を見られたら、何を言われるかわかったものではない。

　手を振りほどかれたことに腹が立たなくもないが、今は素直に感謝することにして、ペンダントをかけ直した。

　すると、

「すごい、真っ赤……」

　巨大なだけでそれ以外は普通のトネリコの木だったものが、魔女に戻ると、葉が全て鮮やかな紅《くれない》に見えた。紅葉したような赤さだが、その葉自体は瑞々《みずみず》しく、脈々と木に生命力を与えられているのがわかる。

「行くぞ。俺たちより後に入ったやつらが、もう先にいる」

　不本意と言いたげな表情で、千夜が歩き出した。帆香とクララも後に続く。

　近付くと、赤口がにやにや嗤《わら》って待ち構えていた。

「失くし者と、占い師と、野良か。お揃いで、よくたどり着けたじゃないか。もう来ないかと心配してたんだぞ」

　失くし者とは帆香のことだ。残念なことに、言われ慣れている。しかし、占い師と野良とは何のことだろう。そっと左右を確認すると、クララはいつも通り微笑んでいるが、千夜の方はいっそ憎悪のこもった目で赤口を睨んでいた。気にはなったが、とても聞ける雰囲気ではない。

そして、旧校舎で遭遇した怪物の話を、この教師に相談しても、どうせ相手にはしてもらえないだろうと思った。他のグループは問題なくたどり着いているようだし、あとで東海に報告するのがいちばんよさそうだ。

「杖になる枝は好きなのを選べ。梯子《はしご》はその辺のやつを適当に使え。まあ生徒が使う用の杖は、どれも似たり寄ったりだがな。終わったら、そこの外廊下をまたいで、外に出て、旧校舎をまわって門まで戻るように」

そう説明を受ける。

幹から離れて上を向くと、散らかった木漏れ日が眩《まぶ》しい。太陽は大分高い位置にいるようだ。

杖の枝を選ぶとはどういうことかと思っていたが、実際はもう杖の姿になっていて、あちこちの枝から、蔦で吊り下げられていた。吊り下げられた杖たちは、風が吹くと、風鈴のように涼しげに揺れる。

木の下を歩いて、よさそうな杖を探す。赤口はどれでも同じと言ったが、よく見ると少しずつ形状が違う。それを眺めるだけでも、結構楽しかった。

上を向いた帆香は、木の下をぐるぐる歩き続ける。

ふと、一本の杖が目に留まった。杖の長さは手首から肘くらいまでで、持ち手に丸く穴が空いている。鋏《はさみ》の持ち手をひとつにしたような見た目。先端には、いくつか突起が付いていて、全体の姿は、大きな鍵そっくりだ。

帆香は一目でその杖が気に入った。大分高い位置にあったため、脚立を持って来る。しかしそれでも、あと少しというところで、手が届かなかった。

どうしようか迷っていたところ、

「あの、もしよかったら、僕が取ろうか？」

下から声をかけられた。背の高い男子がひとり、人懐っこい笑みを浮かべてこちらを見上げている。日焼けした肌と、大きい瞳。癖のある髪と困ったような下がり眉が、優しそうな大型犬を連想させた。クラスメイトではないから、隣のクラスの生徒だろう。

それにしても彼は、相手が誰かわかって話しかけているのだろうか。

「ありがとう……、お願いしてもいい、のかな？」

「もちろんいいよ」

男子生徒は脚立を下りる帆香に手を貸し、今度は自分が上った。彼のジャージのポケットには、もう杖が挿さっていた。あっさりと杖を結んである蔦を外し、帆香に渡してくれた。帆香は礼を言って受け取り、丁寧に残った蔦を外す。想像していた通り、その杖は帆香の手によく馴染んだ。指を滑らせると、木のぬくもりが伝わってくる気がした。

「それで問題なさそう？」

「ありがとう。大丈夫」

頷くと、男子生徒は脚立を下りて来た。

「珍しい形の杖だね。鍵みたい」

「変かな？」

「ちっとも。僕は安原《やすはら》海景《みかげ》。二組だ」

「私は——」

「一組の佐倉帆香さんだよね。魔力がないのに、魔法が使える人」

身も蓋もない言い方だが、悪気があるようには見えない。失くし者、という言い方をしないだけでも、珍しかった。

「ずっと気になってたんだ。どうやって魔法を使ってるの？」

海景はらんらんと碧の瞳を輝かせ、帆香に近寄った。あまりに近いから、少し身を引くと、その近さに本人も気付いたのか、顔を真っ赤にして、元の位置に戻った。

「……き、企業秘密です」

「残念だなあ」

赤面したまま、海景はのんびり笑う。気を悪くした様子はない。

千夜とクララの姿を捜すも、見当たらなかった。どうやら、各自で戻ってしまったらしい。もう旧校舎を通り抜ける必要がないから、別にいいのだが。結局、なぜ帆香と同じグループになったのか、千夜に聞きそびれてしまった。

なりゆきで海景とそのまま旧校舎の外側に出ると、事務員の小湊が待っていた。横には段ボール箱が置いてある。試験で使った道具を回収しているようだ。

「ご苦労様。大変だったでしょ」

初めて会った時と同じように、きびきびと仕事をしている。

種子は千夜が返したようなので、防犯ブザーだけ返すと、なぜか蠟燭をもらった。持ち手の付いた燭台に差さっている、太いやつだ。

「持って来た杖で、その蠟燭に火を点けてみて。杖が肌に合わないようなら、もう一度戻って選んでいいから。だいたいが、杖が合わないんじゃなくて、あなたたちの力量不足なんだけど。くれぐれも芝生を焦がさないようにね」

質問する前に、きつめの説明があった。見れば、あちこちでクラスメイトたちが蠟燭に火を点けようとしていた。やはり千夜とクララの姿はない。さっさと火を点けて戻ったのだろう。何とも自由なグループであった。

海景と共に銀杏《いちょう》の木の下に行き、さっそく魔法を試してみる。海景はあっさりと蠟燭に火を点けた。

「早いね」

「魔法を移すのには慣れてるから」

「移す？」

「うん。それより、早く君もやりなよ」

海景はわくわくと、好奇心を隠そうともせず帆香の手元を見ている。どうやら彼は、疑問に思ったことはとことん探求したいタイプらしい。それこそ、相手が失くし者だろうが、好奇心が勝てば気にしないのだろう。それは構わないのだが、そんなに見られると、大変やりづらい。

なるべく海景の方を見ないようにしながら、杖を持ち直す。杖を使う時の心構えは、前回の授業でやっていて、

「杖を手の延長だと思うこと……」

杖を蠟燭の先端に向けて構え、火が点く様子を想像する。呪文は必要ない。杖の先を少しだけ前に突き出し、その動きを利用して魔力を放出させる。

ポンッ
かすかな音がして、蠟燭に火が灯った。ほんの数秒だけ不安定に揺れたが、すぐに安定して蠟を溶かし始めた。

ひと息吐いていると、すぐに小湊がやって来た。

「できたみたいね。蠟燭を回収するわ」

「あ、お願いします」

せっかく点けた火を慌てて吹き消して、小湊に返す。彼女はそれ以上何も言わず、他の生徒の元に向かった。

海景は独り言のようにぶつぶつと呟き、腕を組んで考え込んでいる。

「うーん、何もわからなかった。君さ、ほんとに魔法が使えなかったの？　特別な感じはしなかったけど。器は持ってる？　持ってないなら、どこか魔力を保存しとく媒体があるとか？　魔法具の類？　それにしても自然だなあ」

まずい。疑問は積み重ねられ、核心に近付いてきてしまった。

「き、企業秘密ですので！」

帆香は脱兎《だっと》のごとく旧校舎を後にした。


試験後の昼休みに、旧校舎での出来事を東海に報告しに行った。薄情にも千夜には断られ、クララは「帆香ちゃんが説明するのがいちばん早いよ」と、こんな時だけ正論を盾にしてきたため、ひとりだ。

赤口ではなく、東海に相談したのは正解だった。ちゃんと話を聞いてもらえた。が、東海にもあの怪物が何なのかは、わからないようだった。

「なぜ私たちの種だけ、怪物の方を指したんでしょうか？」

「その怪物が何かをした時に、ちょうど佐倉さんたちが通りかかったのかもしれませんね。魔法使いを呼び寄せるモノも、存在しますから。ただ、旧校舎にそのようなモノがいるとは思いませんが……」

「あの噂話って本当ですか？」

帆香は噂話、と言っただけだが、もちろん教師側も把握しているのだろう。東海は仕方なさそうに頷いた。

「去年生徒が試験の最中、どこかへ行ってしまったのは本当です。でもその、昔行方不明になったままの生徒に連れ去られるっていうのは、ただのデマですね。あんな迷路みたいなところでしょう？　確かに迷う生徒って、毎年いるの。だけどそのまま見つからなかったケースは、今まで一度もありません」

「そうなんですか」

「とにかく、あなたたちが嘘を吐いているとは思っていませんよ。無事でよかった。他の組の試験も残っていますし、一度、学園長に相談してみます」

嘘だと思っていないとは言っているが、深刻に受け取っているようにも見えない。例えるなら、幼子が自身の経験した出来事を何倍にも膨らませ、母親がそれをよく理解した上で話を合わせているような感じだ。大方、急に飛び出したムクドリを、怪物と間違えたんでしょう、と。

「お願いします」

しかし、帆香はそう言うしかなかった。緊張の連続で疲れていたし、午後の授業は休みなので、バイトの時間まで部屋で休むことにした。

大人に相談してしまえば、子供の帆香にできることは何もなかった。

第二部　不自由な魔女は空を飛ぶ

1.

花曇りの空の下。

杖の試験を終えた翌週、ついに帆香たちのクラスも授業で箒に乗ることになった。

ジャージに着替え校庭に向かっていると、手に箒を持った生徒の一団がやって来た。前の授業が空泳だった一年生だろう。生徒たちはがやがやと騒がしく歩いていたが、その中に颯爽《さっそう》と空中を飛んでいる者がいた。あまりにも悠々と乗りこなしているため、教師かと思ったが、違う。

（和栗さんだ……）

箒に乗っているのは、ルームメイトだった。いまだ寮室で交わした言葉は数えられる程度だ。仲良くなりたいとは思っているものの、きっかけは訪れない。やはりルームメイトが失くし者では、だめなのかもしれない。

彼女は、ひとり横乗りで箒に腰かけ、低空飛行で箒を滑らせている。不安定な乗り方にもかかわらず、少しもぶれない。ずいぶん慣れているようだ。その証拠に、箒が他の生徒たちと明らかに違う。大抵は、学園側が貸してくれる物をみんなで使いまわすのだが、彼女の箒は、ひと掃きもしたことがなさそうな、綺麗で見事な物だ。自前だろう。

試験に受かっていない者が空を飛ぶのは禁止されているが、責任者の監視の下、まやかしの魔法をかけてもらえば、子供でも空を飛べると聞いた。

その姿があまりに魔女らしくて、帆香は思わず見惚《みと》れた。期待に胸が膨らむ。次は、自分が飛ぶ番なのだ。杖も手に入れ、どんどん魔女らしくなっていく。

「おーい、そろそろ集まれよー！」

自らも校庭に向かいながら、空泳の夏川《なつかわ》先生が呼びかけている。この中年教師は瘦身矮軀《わいく》で、生徒に囲まれると見えなくなった。昔の職業は騎手であったとか。箒の操縦は、乗馬にも活《い》かせるのかもしれない。心なしか顔も馬に似ていて、優しげな目をしていた。

「今日から箒にまたがって空に浮かぶ練習をするぞ。まずは、二人一組でストレッチをするところから。適当にやると怪我するからな、真剣にやるように」

夏川先生の声を背景に、柔軟体操が始まる。帆香は、座って足を伸ばしたクララの背中を押した。身体が硬いのか、クララの身体はほとんど曲がらない。

「クララは飛んだことある？」

「お父さんの後ろに乗せてもらったことはあるよー。でも、自分だけで飛ぶのは初めて。

帆香ちゃんは？」

「もちろん初めてよ」

「おそろいだねー」

「そんな不名誉なおそろい、いりません」

クララからのアドバイスは諦める。たとえ経験者でも、彼女が適切なアドバイスをくれたかどうかは、疑問が残るが。

念入り過ぎる柔軟体操が終わり、ようやく箒を手に持った。エニシダの穂先は狐の尻尾のような形をしているが、触ると思ったより硬く、ずっしりしている。何代にも亘《わた》って使われているのか、柄の手触りは細かなやすりで磨かれたようにつるつるで、温かみがあった。大切にされてきたのだろう。

空を飛ぶことは、魔法使いの代名詞なのだ。実感して、緊張がぶりかえした。

全員が箒を手に持つと、夏川は実演を始めた。

「まず箒に浮遊魔法をかける。これは前回の授業でやったな。箒に直接魔力を送り込むから、基本杖はいらないが、どうしてもできない者は、杖を使っても構わない」

箒は柄をポンと軽く叩かれただけで、教師の手を離れ、ひとりでに立った。

「柄の真ん中じゃなくて、穂先寄りにまたがること。地面にいる時は、自分の足と穂先の三点で支えるようなイメージで立つ。膝を軽く曲げ、地面を蹴る。この時力はそんなに入れなくていい」

　タンッ。教師は説明通りに飛び、一メートルほど浮いてみせる。

「浮かんだら、地面と平行になるように穂を上げる。そうすると安定するから、このまま三十秒キープだ。危ないから、今日はまだ先生より高く飛ばないように」

　校庭には、等間隔でマットが敷かれている。生徒たちはそのマットの上で、さっそく実践へと移った。遅れまいと、帆香も箒に浮遊魔法をかける。手から箒の重さがなくなる。ちゃんとかかったようだ。

　けれど空を飛ぶ時は、箒を浮かし動かすというよりは、自分が宙に浮かんでいることを想像するのが大事だ。空を飛ぶことは当たり前のことで、飛べないなどと露ほども疑ってはならない。

　疑うこと。これは魔法を行使する時、絶対にやってはならない行為なのだ。

　霞《かす》む空を見上げる。身体の力を抜き、箒に身を任せる。気球になった気分で、身体に空気を取り込む。準備が整うと、踊りだす時の一歩目のように、マットを蹴った。靴裏に地面の感触がなくなり、帆香はぽっかりと浮いていた。それは周囲に風も起こさない、静かで些細《ささい》な動作だった。少し身を捩《よじ》らせて、ちょうどいいバランスに持っていく。教えられた通り、箒と地面が平行になるように調節する。

　不思議な感じだ。帆香は飛行機にも乗ったことがなかったので、何かと比較しようがなかったが、箒に乗って浮くというのは、ふわふわとした心地よさがある。ふわふわと言っても、酔うような気持ち悪さではない。例えるなら、穏やかな海に浮かぶような感覚だろうか。授業の名が『空泳』であることに、ようやく合点《がてん》がいった。

（これが、飛ぶってことなんだ……）

たった一メートル。されど一メートル。帆香は確かに宙に浮いていた。ひしひしと歓喜に満たされていく。その喜びに馴染むと、今度はこのまま空高く飛びたい、どこまでも飛んで行きたいという、魔女らしい欲求が湧き上がった。

（どこまでもどこまでも、雲を突き抜けるくらい高く飛んでみたいな……）

もちろん今は、そんなことはできないとわかっている。一メートル以上浮くことさえ許されない。けれどいつか、思い切り飛んでみたいと思った。

「帆香ちゃん、助けてぇー」

空を飛ぶ自身の姿を思い描いていると、突如、情けない悲鳴が隣から聞こえてきた。閉じていた目を開けると、クララが箒に乗ったまま、逆さまにひっくり返っていた。もはや箒にまたがるというよりは、ぶらさがっている。

グラグラしている生徒は多いが、ここまでひどいのはクララだけだ。

「自力で戻れないの？」

「むりむりむりだよ！　わたし高いところ苦手なの！」

「高いところって……大げさね。一メートルでしょ。むしろ背中から測るなら、一メートルもないから。箒から手を離しなよ」

下はマットだ。落ちる衝撃も、ほとんど感じないだろう。

「帆香ちゃんは校舎の屋上から落ちなよって言われて落ちれる⁉」

「落ちれないよ。あれは一メートルじゃないもん」

「わたしは今そう言われた気持ちだよ！」

いつもマイペースなクララが声を荒らげるのは珍しい。例えもわかりやすい。

物珍しさにもう少し見ていたかったが、このままクララが騒ぎ続ければ、周囲の注目を浴びる。またあのコンビはと陰口を叩かれかねない。みんなが自分のことに手一杯な内に静かにさせないと。帆香は、少しよろめきながらも箒をクララに横付けにした。当のクララは、木から下りられなくなった猫のように箒にしがみついている。

この騒ぎのせいで、空を飛んだ感動は、すっかりどこかに行ってしまった。

「はーい、押しますよー」

「わああ、ゆっくり！　ゆっくりお願いします！」

「はいはい、でももう地面に着いてますよー」

「あ、本当だ。ありがとう帆香ちゃん。帆香ちゃんは命の恩人だよ」

「大げさね」

そうやって、クララが無事地面に到達したのも束の間、

「そこの二人！　遊んでないでちゃんと飛べよー」

夏川先生からお叱りが飛んできて、結局、クラスメイトの注目を浴びることになったのだった。

＊

「帆香ちゃん、顔色悪いけど大丈夫？　バックで休んでてもいいよ」

「いえ、大丈夫です！」

パンドラでのバイト中。心配する待鳥に、帆香は無理やり笑顔を作った。客のいなくなったテーブルを片付ける。

とはいえ、疲労を完全に隠すことができないのも、わかっていた。毎朝、目元にうっすらとにじむ隈《くま》と対峙《たいじ》しているのだ。どんなに笑顔を作っても隈は消えず、せいぜい空元気にしかならない。

「ほとんど毎日シフト入ってるけど、帆香ちゃん真面目だから、どうせ帰ってから期末試験の勉強だってやってるんだろう？　寮生活だって慣れてないのに、あんまり無理するのはよくないよ」

七月に入って、山中にある学園も、気温の高い日が増えた。そして待鳥の言った通り、もうすぐ期末試験だ。初めての期末試験、ぜひともいい成績を残したい。赤点など取って、これだから失くし者は、なんて言わせないためにも。そして、何よりも、

（お母さんみたいな、流浪の魔法使いになるために……！）

そのためには、いい成績どころか、上位に入らなくてはならない。しかしその場合、実技だけではなく、抜け落ちている魔法に関する知識、つまり筆記試験の方もどうにかしなくてはならなかった。そして同時にお金も稼がなくてはならない。そうしなければ、そもそも学園にいられないのだから。

しかし最近、もうひとつ悩みの種が増えた。

「ちゃんと眠れてる？」

「はい……」

嘘吐いてごめんなさい。帆香は心の中でもう一度待鳥に謝る。

悩みの種とは、これだった。最近、よく悪夢を見る。実技試験のあった日の夜からだった。あの蝙蝠のような何かに、追いかけられる夢だ。けれどそれは仕方がないと思った。夢に見るほど恐怖を感じたのだと、簡単に説明がついたからだ。

だがそれからも度々、同じ悪夢にうなされるようになった。トラウマとして残ってしまったのだろうか。そうだとすれば、時間が解決してくれると思うしかない。

「今日は帰ったらすぐ寝るんだよ。寝不足で勉強しても、効率が悪いだけだ」

「ご心配おかけしてすみません……」

空気をどんよりしたものにしてしまった気がして、申し訳なさに拍車がかかる。

「俺のことはいいんだ」

するとと何を思ったか、待鳥はカウンターから出て来てこちらに向かってくると、帆香の結ばれていない、耳元に流れる長い髪をひと房、そっとすくいあげた。男性との接触に慣れていない帆香にとって、それはまさに青天《せいてん》の霹靂《へきれき》だった。

「せ、先輩……⁉」

「あ、ううん。急にごめんね。綺麗な髪だと思って。さらさらだ」

髪をするすると触られて、火が出そうなほど顔が熱くなる。

「あっ、はいっ、ありがとうございます。願掛けなんです……」

「願掛け？」

「素敵な魔女になれますようにって……、あのっ、すみませんが、そろそろ離していただけないでしょうか……」

待鳥はやっと、髪を離して、優しく言った。

「ごめんごめん。でも、じゃあ、やっぱりちゃんと寝ないとね。願いを叶えるためにも。そうだ、今日はまかないに、好きなもの作ってあげるよ。何でも言って」

「あっ、ありがとうございます」

優しさはうれしいが、近い。帆香は布巾を摑んで、足早にカウンターに戻った。

二十二時にバイトを上がって寮に戻り、滑り込みで風呂場に向かう。遅い時間は忙《せわ》しなくはあるものの人が少なく、案外穴場だ。この時ばかりはペンダントを外さなくてはならないため、帆香はいつもこの時間を選んだ。外してしまうと、碧の目ではなくなってしまうから。

身体が温まって眠気が訪れるが、水で顔を洗ってそれを追い払う。

待鳥の言葉はありがたいし、うれしい。できれば彼の言葉に従いたい。

だが、そうは言っても、なのである。

期末試験は科目が多い。寝る前に、少しはやっておかねば。元々魔法に関する勉強は苦にならないから、あとは体力の問題だった。あの悪夢さえどうにかなればいいのだが。しっかり眠ることができさえすれば、多少睡眠時間を削ったって平気だ。

中学の時のジャージに着替え、部屋に戻ろうとしたところで、寮母の辻田に呼び止められる。

「佐倉さんちょうどよかった。夜遅くまでご苦労さま。今日クッキーを焼いたのよ。マカロンじゃなくて悪いんだけど。沢山焼いたから、佐倉さんにもお裾分け。どうせみんな、試験前は夜のお菓子を解禁してるでしょ？」

渡されたのは、星とか花の形に型抜きされた可愛らしいジンジャークッキーだ。ピンクのリボンでラッピングされている。

「ありがとうございます。がんばります」

話が長引きそうだったため、急いで礼を言ってその場を離れる。

帆香が部屋に戻ると、英美は布団を取り払った炬燵で勉強をしている最中だった。寝る前のせいか、いつものお団子頭ではなく、後ろでゆるく結んでいるだけだ。

ルームメイトの英美とは、相変わらず他人といってもおかしくない距離感だった。英美は部活の朝練で出るのが早かったし、帆香はバイトで夜遅かったしで、そこまで顔を合わせる必要がなかった。試験前までは。

英美は帆香が手に持ったクッキーの袋を見て、

「おかえり。それ、マカおばさんからもらったの？」

珍しく話しかけてきた。

「うん。食べる？」

「遠慮しとく」

「そう……………、夜だしね」

「うん」

会話が終わると、英美はすぐに視線を教科書に戻した。

簡易冷蔵庫から麦茶を取り出し、帆香も自分の机に向かった。麦茶は購買で売られている、大容量の水出しパックのやつだ。いちばん安い。

魔法世界史の教科書を開く。が、すぐに眠気が襲ってきた。耐えようと格闘するが、だんだん文章が滲んでくる。

変に眠りが浅いせいか、夢を見た。あの夢だ。夢だとわかっていた。それでも。

今しがた泥沼から上がって来たような、巨大な蝙蝠。けれど蝙蝠は、次第に黒い闇に姿を変える。自らが沼になる。帆香のあとを付けてくる。何とかしなくてはと思うのだが、何もできない自分がいる。黒い闇はどんどん近付いてくる。帆香は苦しくなる。呼吸もままならない。絶望に捕まりそうになった時、

「ねえ」

肩を揺すられて、飛び起きた。

「ううん……、なに？」

英美が眉根を寄せてこちらを見ていた。

「なにって、うなされてた。眠いなら、ちゃんとベッド行きなよ」

「ごめん……、ありがとう」

落ち着くために、麦茶を口にする。幸か不幸か、目が冴《さ》えてしまった。再度、教科書

を開く。中世の魔女裁判で火刑にされた有名な魔法使いの名前が連なっている。似たような名前が続くため、呪文を覚えるよりも難しい。

「……ねえ」

珍しい。英美の方からこんなに話しかけてくることがあるとは。

「なに？」

「物語学、取ってたよね？」

物語学とは、選択教科の授業で、その名の通り、あらゆる魔法使いが登場する物語を分析する授業だ。魔法使いたちの間で語り継がれてきた伝承だけでなく、人間が書いた小説なんかも対象になる。

「うん。取ってるよ」

「部活の先輩にヤマ聞いてまとめたんだけど、…………もしよかったら見る？」

「いいの⁉」

思わず身体ごと振り返る。

「いいよ。はいこれ、ノート」

「ありがとう！」

とても助かる。ノートを受け取り、パラパラとめくってみた。今回の範囲は日本のものばかりのようだ。狸《たぬき》が魔法を使った話とか、魔法喰《まほうぐ》いが退治された話とかだ。

「魔法喰いって……？」

「魔法喰いは、元は魔法使いだったんだけど、魔力に傾倒しすぎて、他の魔法使いから魔力を奪うようになってしまった存在のこと。魔法を食べるから、魔法喰い」

独り言のつもりだったのだが、英美が説明をしてくれた。帆香は自分の椅子からずるずると落ちるようにして、語り部《かたべ》に近付く。

「へー……え、本当にそんなことできるの？」

英美が肩をすくめる。

「さあ……、うちの母親が子供のころは、『いい子にしていないと魔法喰いに食べられてしまうよ！』とか叱られたらしいけど。今は、都市伝説みたいな扱いじゃない？」

英美の口ぶりから、信じていないことは伝わった。だが帆香だって、双葉から魔力を借りている身だ。他人の魔力を奪うというのも、あながちできない話ではないのかもしれない。ご法度ではあるだろうが。

話していたらいつの間にか炬燵に向かっていたので、なんとなく、そのまま炬燵で勉強を始める。英美は特に何も言わなかった。

今の話を聞いた上で、もう一度借りたノートを目で追っていく。と、その途中で、キャラクターものの栞《しおり》が挟まれているのに気が付いた。朝の子供向けアニメでやっている、魔法少女が描かれている物だ。机も寝具も大人っぽくシンプルにまとめている英美にしては、意外だった。妹の、とかだろうか。

「これって」

見えるようにノートから摘《つま》み上《あ》げると、稲妻のような速さで手が伸びて来て、栞を奪われてしまった。呆気に取られていると、目の前の少女の顔がみるみる青ざめていくのがわかって、こちらも焦る。大事な物だったのだろうか。

「み……見た……？」

「え？　うん。これって早朝やってたアニメだよね。うちはおばあちゃ……祖母に禁止されてたけど、たまにこっそり観《み》てて。杖のおもちゃが欲しくて、お父さんに泣きついたりしたよ」

懐かしい。結局、本物ではないのだしと、父親が内緒で買ってくれた。今では、やはり本物に勝るものはないと思ってしまうけど、あれはあれで大切な思い出だ。クローゼットにまだあるんじゃないだろうか。

「ほ、ほんと？　佐倉さんも観てた？」

炬燵に乗り上げそうな勢いで、英美の顔が近付く。

「少しだけね。でも、いいよね。最近のグッズは、おしゃれでかわいい物とか多いし」

「そう、そうなの！　文房具だけじゃなくて、コスメとか雑貨でも色々出てて――」

目を輝かせていた英美の顔が、話の途中からみるみる赤くなり、最終的に首まで真っ赤になって俯《うつむ》いてしまった。

なんとなく察した。

「……それ、妹さんのとかじゃなくて、あなたの？」

「……うん」

初めて会った時、互いの私物には触るなときつく言われたが、あれは、

「他にもグッズ持ってたりするの？　だからお互いの物に触らないようにしようって、最初に言ったの？」

「………うん。どうしても好きなやつだけ、こっそり……」

もしかしたら、距離を取っていたのも、趣味がばれないようにするためだろうか。しかし、理由がわかれば、どうということはない。

「そんなの、私、気にしないのに」

「だけど、魔法使いたちの間じゃ、人間が作った魔女っ子アニメなんてって、馬鹿にする人が多いし。しかも小さい子が観るようなアニメを、いまだに好きとか……」

そう言って手で顔を覆う英美はもはや、耳も指先も真っ赤で、だんだん可愛く見えてきた。何とか気持ちを楽にしてあげたいと、言葉を探す。

きっと内心で忙しい帆香を心配してくれていたからこそ、こうやってノートを貸してくれたのだ。彼女の親切を、失敗にしたくなかった。

「うちは確かに観るの禁止されてたけど、馬鹿にしてたとか、そういう理由じゃなかったよ。小さいころの憧れって、強いよね」

帆香も、魔女の母親に憧れて、失くし者にもかかわらず、こうして魔法学園に入学しているのだから。

「……ありがとう。憧れてたの。実際の魔女ってあんな華やかでも、万能でもないけど、でも、好きなの」

「うん」

何だか距離が縮まった気がする。帆香はもう臆することなく、英美の前で勉強を続けることにした。勉強道具をいそいそと移動させる。

話していたら、急にお腹が空いてきた。帆香は育ち盛りだった。寮母にもらったクッキーを思い出して、それも机上から持って来た。

「ほんとにいらない？　試験勉強は脳を働かせてるから、甘いものも帳消しだよ？」

誘惑するように、袋を差し出すが、英美はやはり受け取らない。

「辻田さんがどうしてマカおばさんって呼ばれてるか知ってる？」

「うん。マカロン作るからマカおばさんでしょ？」

手に持っているのはクッキーだが。

「それは本人がそう思ってるだけで、実際は――」

口に入れたクッキーを咀嚼《そしゃく》しながら、帆香は顔をしかめる。

「なぜか作るお菓子が摩訶不思議《まかふしぎ》においしくないから、マカおばさんなんだって」

そのタイミングで、顔を赤くしたままの英美は、真の理由を明かしたのだった。

2.

食堂の日替わりランチはボリュームの割に価格も安く、苦学生の帆香にとっては、救世主と呼ぶべき存在だった。今日のメインはハンバーグ。デミグラスソースの香りが食欲をそそる。ふっくらした真ん中部分を箸で割ると、肉汁があふれだした。

「はあ……、おいしい……」

騒がしい食堂の一角で。

「試験も無事終わったし、あとは夏休みを待つだけね」

同じく日替わりランチを食べる英美が、走り切った長距離走の選手みたいな表情で言った。その隣ではクララがオムライスを頬張っている。

魔法学園らしく、魔法の実技試験から、筆記試験まで、数日間に亘って行われた。本日、午前中の物語学の試験で、全て終わったことになる。

「夏休みって、やっぱみんな家に帰るの？」

帆香の疑問に、英美が頷いた。

「そりゃね。帆香だって帰るんでしょ？」

「うん。でもまだバイト決まってなくて。うち田舎だから、高校生可のバイトって、中々ないんだよね。しかも夏休みだけって。このままだと新聞配達かな」

「やっぱ夏休みも働くんだ？」

「稼ぎ時ですから」

「オムライスって何で赤と黄色なんだろうね？」

ふたりが現実的な会話をする横で、クララがふわふわの卵をケチャップに絡めながら、オムライスの謎に迫っている。

「緑と青じゃ食欲湧かないからじゃない？」

「そっかー」

意外なことに、英美はクララの扱いがうまかった。雑とも言えたが。彼女がクラスで浮いた存在であることも、そして帆香が失くし者であることも、気にならないらしい。そのせいか帆香は最近、このふたりと行動を共にすることが増えた。英美は別クラスだが、昼休みや選択授業の時など、こうしてなんとなくいっしょにいる。

入学から早数か月。ようやく友達と呼べる存在ができた。相変わらず他の生徒からは距離を取られていたが、それでもぐっと過ごしやすくなった。

クララとの会話を数秒で終わらせて、英美が話題を元に戻した。

「でもその、魔法レンタル？　ってやつ、夏休みの間も継続するの？　八月だけ止められれば、その分浮くでしょ。そういうのって、やっぱだめなの？」

大まかにではあったが、魔力をレンタルしていることを、ふたりには話してあった。

「どうだろ。聞いてみようかな。実技の課題もあるし、完全に止めるわけにもいかないから、魔力を半分とかにしてもらえると助かるんだけどな。でもそれだってお金かかるし、なにより働ける時に働いて、少しでも貯金しておきたいんだよね」

これからもっと難しい課題や試験が出てきたとき、バイトと両立するのが難しくなるかもしれない。そういう時のために、少しでも貯金は殖やしておきたかった。

「バイトかー、私も何かしようかな」

パックの紅茶をすすりながら、英美が気軽に呟く。

「一か月って結構長いしね。クララは夏休み何かするの？」

「わたしは、今年もお母さんたちの手伝いだよ」

「えっ、まとも」

英美がわざわざストローから口を離して驚いてみせた。彼女ほど露骨に口には出さなかったが、帆香も思った。意外だ。

「クララのご両親って、お店かなにかやってるの？」

「ふたりとも星を読む人だよ。夏は大きな流星群があるから、忙しいの」

「星を読む人？」

　急にメルヘンチックになった。魔法使いの職業だろうか。戸惑う帆香に、英美が補足してくれる。

「星読みは、人間に近い職業で言うなら、占い師じゃない？　朝のニュースとかでも、星座占いとかやってるし。もちろん私たちのとは精度が全然違うけど。ほら、選択科目でも占星学があるでしょ？」

　以前、旧校舎での試験で赤口が言っていた占い師、とはクララに向けた言葉だったようだ。占星学として授業にもあるくらいだし、馬鹿にするような職業ではないと思うのだが、なぜあんな言い方をしたのだろう。

「私は魔法化学取ったけど、占星学も楽しそうだよね。夜間の実習もあるんでしょ？」

　逆を言えば夜に実習があると聞いて、占星学は諦めたのだ。魔法化学は主に錬金術について学ぶ授業で、今のところ暗記科目である。

　初めて登校した日、天文台みたいな建物があると思ったものだが、本当に天文台だったのだ。ひとり占星学を取っているクララが、楽しそうに笑う。

「そうだよ。夜の学園は真っ暗で、みんな懐中電灯で足元を照らすんだけど、それが蛍の群れみたいで、とってもきれい」

「本物の星見ないでなにしてんの」

英美が呆《あき》れたように突っ込んだ。

最後のひと口を食べ終え、帆香はいそいそとトレーを片付け始める。それに釣られるように、他のふたりも立ち上がった。

三人並んで食堂を出る。食堂から教室に行くには外廊下を通らなければならない。いくら山の上でも、八月が目前となると、かなり暑い。蟬《せみ》がけたたましく鳴き、空には立派な入道雲が浮かんでいて、自然全てが夏を実感させてくるのだ。

「アイス食べたいねー」

クララが夏空を見上げる。それを聞いた英美は顔をしかめた。

「今ご飯食べたばっかじゃん」

「でもあったら食べるでしょ？」

帆香がいたずらっぽく笑うと、

「まあ……、あればね」

英美もしぶしぶ同意した。

購買に舵《かじ》を切ろうとした三人だったが、しかしここで帆香の携帯が振動する。画面を確認すると、先ほど話題にも上った、双葉からだった。帆香はふたりに手を振って、人気のない校舎の日陰に入った。電話に出る。双葉のはきはきした声が聞こえてきた。

『佐倉さん？　魔法コンサルタントの双葉です。今少しお時間いただいてもよろしいでしょうか？』

「お久しぶりです。佐倉です。どうしたんですか？」

何かあったのだろうか。お金は忘れず振り込んでいるが。

『もうすぐ夏休みでしょ？　どうするかと思って。一か月止めます？』

「あの、送ってもらう魔力を半分にしてもらう、とかできますか？」

『できますよ！　うちはそういう臨機応変なサービスが売りですから。ただ魔力が半分になるから金額も半分になるってことはないんですけど。基本料金があるので。あ、でもお安くはなりますよ、もちろん』

快活なセールストークに苦笑する。

「じゃあ、それでお願いします」

『わかりました。請求書送りますね。金額は後ほどメール入れておきます』

お願いしますと、電話越しに頭を下げた。

これで話は終わりかと思いきや、双葉は切らなかった。

『あと、そうそう。夏休みのどこかで、ペンダントのメンテナンスをしにいらしてください』

「メンテナンス……」

そういえば、定期メンテナンスサービスが付いていると言っていた。

『ちゃんと使えているかとか、改善してほしいところとか、今後のためにも直接話をお聞きしたいですし。お茶飲みがてら。そうですねー……、十三日とかどうです？』

「えっと、大丈夫だと思います。お願いします」

『お待ちしてます。お休みのところ失礼しました。では』

通話が終わり、帆香は校舎に背中を預けるようにして、しゃがみこむ。

「そっかぁ……、半額にはならないのか……」

双葉は悪くない。商売なのだから。無料で魔力をもらえるなんて思っていないし、値段も提示されれば払うしかない。ただ、本物の魔女であれば、こんなことで悩まなくて済むのにと、考えずにはいられなかった。仕方がないと言い聞かせても、どこかで虚《むな》しさを感じていた。

＊

一学期最後の授業が終わり、早い生徒はその日の内から帰省を始めていた。クララもそのひとりだったのだが、いかんせん本人が呑気《のんき》で、まだ荷造りも終わっていないと言うものだから、英美とふたりで散々世話を焼くはめになった。薬草学の課題に使うハーブを取りに行かなくてはだの、教科書が一冊足りないだの、帰りの電車のお菓子が欲しいだの、何とか無事に彼女を電車に乗せることに成功した時には、ふたりして疲れ切って寮室の床に転がってしまった。しかし、ずっとそうしているわけにもいかない。自分の荷造りが残っているのだ。

「私、図書館に行ってくるね」

返却する本があったし、夏休み用に新しく借りたい。

英美が片手だけ上げて、見送ってくれる。

図書室ではなく図書館なのは、それが独立した建物だからだ。校門付近にあり、生徒だけでなく、麓の町の魔法使いたちも借りることができる。

聞けば、この辺りは魔法使いたちが多く住む町、なのだそうだ。英美も麓の町出身だという。日本全国にいくつかそういった地域があるらしい。思い返せば、帆香のバイト先にも、よく碧の目をした客が来る。バラバラに散らばって暮らすよりも、同じ町で仲間と住みたがる魔法使いは、案外多いのだ。

図書館内は、昔の日本家屋のように天井が高く、梁や柱が剝き出しになっている。奥行きもあるため、開放的で清潔で、帆香は図書館が好きだった。何よりも、魔法に関する本が借り放題、というのが素晴らしい。魔法使いが魔法使いたちのために書いた本は、当然ながら人間の図書館には置かれていない。これまで母親にもらった魔法書をボロボロになるまで読んでいた帆香にとって、まさに楽園みたいな場所だった。

試験も終わり、夏休み直前。図書館に来る生徒も少ないだろう。そう思っていたのだが、館内はむしろ、普段より騒がしかった。けれど騒がしくしているのは、驚いたことに、人間ではなかったのだ。

「……栗鼠《りす》？」

帆香は唖然《あぜん》と、天井を見上げた。

栗鼠のような尻尾を持った小さな生き物たちが、書架の森を駆けまわっているのだ。しかも腕の下に膜があるのか、モモンガのように滑空までこなしている。動物園の檻越しに見れば愛らしい姿かもしれないが、直面、しかも図書館なんかで唐突に遭遇すると、正直ちょっと怖い。

「あーっ、すみません！　すぐ捕まえますので⁉」

立ちすくんでいると、ひとりの男子生徒が本棚の間から飛び出してきた。慌てたその顔には、見覚えがあった。

「あ、海景君……」

「佐倉さん！　ちょうどよかった！　ごめん、助けて！」

それは、実技試験が終わった後に出会った、安原海景だった。どうやら彼がこの騒動の元凶らしい。栗鼠たちを追いかけては、しかしあっさりと逃げられている。焦っている本人には申し訳ないが、その様子は、アメリカのコメディアニメのようで、帆香は笑いそうになるのを咳《せき》でごまかした。

「つ、捕まえるって、どうすれば……？」

「潰すんだ！」

「つ、潰す!?」

「あ、これ本物じゃなくて！」

そう言った瞬間、海景が目の前に来た栗鼠を、両手で潰すように叩いた。帆香は衝撃的な画を想像して、とっさに目をつむったが、パチンと手を叩く乾いた音が響いただけだった。恐る恐る目を開けてみると、彼の手にあったのは、一枚の白い紙。ただの四角ではなく、簡略化した人型に切られた和紙のようだった。

よくわからないが、大丈夫ではあるらしい。

「よっ、よし……！」

帆香は近くに来た生き物を、勢いのまま、パチンと叩き潰した。不思議なことに、何かを潰したような感触はなく、手の中にはやはり、一枚の紙が残っているだけ。

そのあとはもう、図書館中を駆けまわった。図書館ではお静かに、なんて気にしている余裕はない。栗鼠はすばやかったし、追う人間をからかうように、逃げた。ただ、本を落としたり齧《かじ》ったりする荒くれ者はいなかったので助かった。本棚から本を落としたのはむしろ海景の方で、高い場所にいる栗鼠を捕まえようとして逃げられ、体勢を崩し、そのまま本と共になだれ落ちた。

パチン！

最後の一匹を捕獲した時には、ふたりとも息も絶え絶えで、帆香は図書館に来た目的を忘れていた。

「あ、ありがとう。本当に助かったよ」

海景は、近くの長椅子に倒れ込むようにして座った。帆香が来る前から、ずっと追いかけっこをしていたのだろう。帆香もその隣に腰かける。

「どういたしまして。これが何か、聞く権利ってあるよね？」

海景は、帆香を見ると頬を赤くして、はにかんだ。

「も、もちろんだよ。今のは、式札なんだ」

「式札？」

「僕の家は陰陽師《おんみようじ》の家系でね。昔ほど力は強くないけど、式札は今でも使うんだ。具体的には、この和紙に魔法をかけると、鳥や動物に変化させることができる」

大昔の魔法使いが使役したという、精霊や悪魔召喚みたいなものだろうか。和紙に魔力を移す。以前海景が魔法を移すのに慣れていると言ってたが、このことだったたようだ。

「……その割には、あなたの言うことを全然聞いてなかったみたいだけど……」

海景は苦笑しながら立ち上がり、散らばった本を片付け始めた。

「本の整理を手伝ってもらおうとしたら……、ほら、僕図書委員だから。そしたら、出し過ぎちゃって……小さいからいけると思ったんだけど、自分の力を過信してたみたいだ。解除方法として、式札を燃やしちゃうやり方があるんだけど、こんなに可燃物があるところで燃やすわけにいかないだろ？」

「そうね」

「だから、佐倉さんが手伝ってくれて助かったよ」

息が整ったので、帆香も片付けを手伝う。

「陰陽師も、魔法学園に来るんだね」

陰陽師といえば、古くから日本にある、自然現象を司《つかさど》る官職というイメージだが。

「広義で言えば、陰陽師も魔法使いみたいなものだからさ。碧の目を持っているし、きっとみんな元を辿《たど》れば同じなんじゃないかな。名前が違うだけで」

そういう話を聞くのは、おもしろい。授業にも魔法史と魔法世界史があって、魔法史の方は主に日本の魔法について学ぶが、スタートが西洋魔法の入ってくる明治あたりからなので、それ以前の歴史についてはまだそこまで詳しくないのだ。

ここで、持ち前の好奇心が頭をもたげた。

「ねえ、手伝ったお礼といったら何だけど、式札の魔法、見せてくれない？」

「もちろんいいよ。一匹くらいなら、あんな騒ぎにはならないし」

海景がはにかむように言った。そして、カウンターに置いてあった鞄から、例の和紙を取り出す。

「これって、私でもできるの？」

「どうだろ。かなり特殊な魔法だから……」

左手で和紙を持ち、右手は人差し指と中指に隙間のないピースのような形にして、和紙の上に置く。呟くように何かを唱え、口の中に残った呪文を浸透させるように、和紙に吐息をまんべんなく吹きかけた。

和紙が栗鼠に変化したのは、本当に一瞬だった。瞬きしていたら、わからなかっただろう。海景の手のひらに出現した栗鼠は、愛嬌《あいきょう》たっぷりに首を振った。

「どうかな？」

「すごい！」

「触ってみる？」

「紙に戻らない？」

「潰したりしなければ大丈夫だよ」

海景が手を差し出すと、栗鼠はお行儀よく帆香の腕に飛び移った。何も乗っていないような軽さだが、元が紙だからなのかもしれない。指先でそっとふれてみると、ふわふわで心地いい。先ほどの栗鼠たちとは違い、大人しかった。

「これが式札……」

「こいつら以外にも、色々な型があるよ。大きいやつとか、飛べるやつも」

「お願いだから今出さないでね。もう捕まえる体力が残ってないの」

「あはは。僕もだ」

栗鼠は本物の栗鼠のように、両手で顔を擦《こす》っている。

まだまだ知らないことがあると思うと、どきどきする。自分が無知でちっぽけだと思い知って、その代わりに無限大の世界を手に入れるのだ。

帆香はすっかり満足して、栗鼠を海景に返した。紙に戻る気はないらしく、栗鼠は海景のブレザーのポケットに入って、そこに腰を落ち着けたようだ。

「お礼になった？」

「とっても。ありがとう」

帆香は満足して、その満ち足りた気持ちのまま図書館を出ようとしたところで、

「そういえば、佐倉さん、図書館に何しに来たの？」

後ろから海景に問われて、ようやく当初の目的を思い出した。そそっかしいのは、彼だけではなかったようだ。

「安原君？　うん、同じクラスだよ」

＊

図書館での出来事を英美に話したのは、翌日の昼時だった。

夏休み初日。つまり家に帰る日。急ぐ必要のない帆香は、英美とランチをしてから帰ることにした。せっかくだからと、乗り換えとなる少し大きい駅まで、英美がいっしょに来てくれたのだ。

二人は、高校生でも気軽に入れる、カジュアルなイタリアンの店を選んだ。帆香は魚介たっぷりのトマトクリームパスタを、英美はマルゲリータピザを選ぶ。

店内には小さなサラダバーが設けられていて、英美はピザの前にサラダを山盛り二皿食べていた。バレリーナのように薄く細いその身体の、どこに入っていくのだろうか。

英美が言葉を続ける。

「おっとりした感じだよね。私はあんまり話したことないけど。なんか、女子と話すの苦手らしくて、でもそれがいいっていう女子が一定数いてさ。よく話しかけられて赤面してるから、ちょっとかわいそうだなって」

「あー……、確かに話してる時、顔赤くしがちかも」

話し込んでしまったが、平気だっただろうか。

「それで？　帆香も安原君みたいな男子がタイプなの？」

英美が、新しい玩具《おもちゃ》を見つけた子供のように目を輝かせた。

「会ったって話だよ。どうしたらそういう話になるのよ」

「ごめんごめん。帆香には一色君がいたね」

パスタを巻く手が止まった。

「どうしてそこで千夜君が出てくるの？　どこをどうしたらそうなるの？」

すると、英美もピザを取る手を止めた。

「違うの？　入学式の日に二人で教室出て行くとこ見たとか、実技試験でもペア組んだりしてたって聞いたけど」

まさかそんな噂が流れているとは。とんでもない誤解だ。入学式の日は脅されただけだし、実技試験はペアではなくグループだ。クララもいたのだから。

「かなり捏造《ねつぞう》されてるけど、それ、誰に聞いたの？」

「クラスの女子。一色君、うちのクラスにもファン多いから」

「……ファン？」

「かっこよくて成績優秀で、他の男子みたいに子供っぽくないんだって。確かに、何となくミステリアスではあるよね、彼」

「うーん……」

遠巻きに見ている分にはいいのかもしれないが。帆香は複雑な気分だった。

「恋愛がらみの女子の恨みは怖いからね。気を付けなさいよ、帆香」

「だから誤解だってば」

「まあ、でもさ、一色君のことは置いておいても、魔法使い同士で恋愛した方が、色々と楽だとは思うよ」

誤解が解けていないような気がしたが、移った話題には興味を引かれた。

店内のいちばん端のソファ席であるのをいいことに、ふたりは声量を気にせず話していた。事情を知らない人が聞いたら驚くだろうが、まさか魔女の会話とも思うまい。

「それってやっぱり血筋の問題？」

魔法使いは血筋が全てで、魔法使い同士でないと子供は魔法が使えない。稀に片親でも器を持つ者は生まれるらしいが、血筋を気にするなら、相手も同じ魔法使いである方が好ましい。月船学園に入って、魔法使いという者たちが、魔法を使えることに大変なプライドを持っていることを知った。

「それもあるけど、魔法使いと人間じゃ、価値観の擦り合わせが大変だからよ。あと、魔法使いってことを内緒にして付き合ってて、いざ結婚するってなったら、正体を明かすかどうかとか。ばらしたらばらしたで、相手にも口止めしなきゃいけないし」

「言われてみれば……」

魔法の存在は昔も隠されてはいたが、今よりずっと身近ではあったという。しかし、近代化に伴い、魔法使いたちは人間界から姿を消すことに、おおむね成功した。

姿を消した理由として、魔女狩りがさかんに行われた西洋の思想文化が入ってきたせいもあるが、一番は、魔法使いたちが、自分たちのことをよく理解していたからである。魔法を使えない者たちにとって魔法とは未知の力であり、荒れた時代には魔法が必要でも、平和な世ではただ闇雲に恐れられるだけだと。

魔法に強い憧れを持つ帆香からすると、そんなことはないと思うのだが、郷に入っては郷に従え、こればっかりは歩んだ歴史の結果なのだから仕方がない。

「魔法使いなんていうと、ファンタジーの住人みたいだけどさ。現実は結構規定が細かくあって、ややこしいのよね。結婚の手続きとかも大変って話だよ」

垂れたチーズをフォークで器用に生地の上に戻しながら、英美は肩をすくめた。

「私はそういうの、入学直前に初めて聞いたけど、魔法使いって大変なんだね」

「普通に生活している分には、特に支障もないけどね。そういえば、帆香はどうなの？」

「一応、入学と同時に、魔女として登録されたみたい。仮って付いてるかもしれないけど……。でもおばあちゃんやお父さんは、元々登録されてるから、制限はあったみたいだよ。確かに引っ越ししたことなかったけど、別に珍しくもないから、不思議にも思わなかった」

国内の魔法使いは、全て魔法局に登録される。そして意外にも、行動が制限されるのだ。例えば海外への移住ができなかったり、国内で引っ越すにも許可が必要だったり。それも場合によっては却下されることもあるらしい。

以前待鳥が、魔法使いは保護されているのだと言っていた。移動の制限も、恐らくそのためのものなのだろう。だからこそ、旅することを許される流浪の魔法使いは、想像していたよりもずっと特別な存在なのかもしれない。

魔法使いとはすべからく、自由な生き物であると思っていたが。

パスタとピザを食べ終わると、食後にと頼んだケーキが、いい香りのするポットと共に運ばれてきた。帆香の前に置かれたガラスのポットには、黄色い花弁が入っていて、華やかだ。

「えーっと、これは……」

「それはカレンデュラっていうハーブだね。あとはラベンダーとカモミールも入ってるかな？　ちなみに肌荒れに効くよ」

ポットを覗き込んでいると、英美が教えてくれた。

「すごい。詳しいね」

「優等生に教えるのは気分がいいけど、残念ながら魔法使いって、だいたい薬草には詳しいのよ。魔法を使わない家庭でも、ハーブの調合はどの家もやってるんじゃないかな。マカおばさんのお菓子がまずいのも、あれ多分、色んな薬草入れてるせいだと思うよ」

確かに、薬草学の教科書を必死で暗記していたのは、自分くらいだったような気がする。帆香の家は、祖母が植物の世話など面倒だと、庭に石を敷いてしまっていたから、魔女の庭としては、相当異端だったのだろう。

普段、それほど彼らとの会話に溝はないと思っているのだが、時々違いを見つけては、心が少し重くなる。仕方がないと割り切るしかないのだが。

「あっ、ねえ、ひとつ聞いてもいい、かな」

おずおずと確認すると、なぜか呆れたような顔をされた。

「何でそんな申し訳なさそうなの？」

「普通の魔法使いなら、常識だと思うから……」

ごまかすように、ハーブティーをすすった。英美の言った通り、ラベンダーの香りが口に広がった。

「普通、なんて人によって違うし。帆香がそういう話に疎いのなんてもうわかってるよ。むしろ今の内に色々聞いときなさいな。今さら聞けない、って時期に聞いてきたら、その時はため息吐いてやれやれって、やってあげるから」

帆香は笑ってしまった。英美は思ったことをずけずけ言う。だがこうして話すようになって、面倒見がいいことも知った。

「でしたら、お言葉に甘えまして。えっとね、赤口先生が、クララのことを占い師って呼んでたんだけど、それってやっぱり悪口なの？」

実技試験のあと、地味にずっと引っかかっていたのだ。

「あいつが言ったなら、悪口だろうね。自分以外、みんな出来損ないだと思ってるから。でも、占い師をしてる魔法使いなんて大勢いるよ。本来は悪口に使う言葉じゃない」

それを聞いて、何だか安心する。

「じゃあ、野良って言葉も、悪口ってわけじゃないんだね」

帆香の意に反して、その単語を聞いた途端、英美は何とも言えない表情になった。ケーキに載った苺《いちご》を口に入れながら、どう説明するか考えているようだ。

「野良っていうのは、悪口だね。失くし者みたいな……ごめん」

「平気。それより、どういう言葉なの？」

「簡単に言うと、魔法学園に行かなかった魔法使いのこと、かな」

それではおかしい。千夜は学園に通っているのだから。しかし両親が星読みのクララが占い師と呼ばれていたということは、千夜ではなく、その母親である双葉が野良である可能性がある。

「だけどそれって、いけないことなの？」

「さっきの、監視されてるって話の続きだけど、魔力を持ってる人は、ほとんど強制的に魔法学園に入学しなくちゃいけないんだよ。それを行かないってなったら、他の魔法使いたちはあまりよく思わないよね……」

つまり、差別されるようになるということだ。英美は言葉を濁したが、その差別を経験した身としては、想像に難くない。

「私だったら、魔法学園に通いなさいって言われたら、喜んで通うけどな」

帆香の拗《す》ねたような言い方に、英美は口元に薄《うっす》らと笑みを浮かべてみせた。どこか諦念したそれに、どきりとする。

「私も。でも私たちにはわからないけど、少し魔法が使えるくらいじゃ将来何の役にも立たないから、普通の高校に通いたいって思っている人もいるんだよ、きっと。言えないだけでさ。だから余計に、自分たちが魔法使いであることに固執して、そうじゃない人を見下したりするのかもね」

帆香が想像していたより、魔法社会は、複雑で不自由なもののようだ。

「……前、学園長に、あなたには選ぶ権利があるって言われたな。あの時はよくわからなかったけど、そういうことだったのかも」

「かもね」

その後は、明るい話題に移った。家に帰ったら何が食べたいとか、昨今の魔法少女についてとか、課題をやる順番とか、女子高校生らしい、そんな話だった。

そういうわけで、帆香は久しぶりに我が家に帰ったのだった。

一学期の成績は上々で、実技にはいちばんいい評価がついていた。意気揚々と父親に成績表を掲げて見せたのだったが、彼は曖昧に、けれど帆香にはそれとわかる程度の不満を含んだ表情をしてみせただけだった。

あらかた荷物を整理し、自分のベッドに倒れ込んだ帆香は、天井を見上げながらぼんやりと考える。どうしてお母さん以外の家族は、魔法を嫌うのだろう。お父さんだって、魔法が使えるはずだ。なのに、全く使わない。魔法嫌いのおばあちゃんがいなくなっても。嫌うような何かしらが、あったのだろうか。

帆香が物心ついた時には、もう家に魔法の気配はなかった。

学園から持って帰ってきた鞄は、魔法に関する物たちでいっぱいだ。杖に、教科書に、図書館から借りてきた大量の本。図書館の本は、海景が色々教えてくれて、おもしろそうなのを片っ端から借りた結果、貸し出し可能の上限に達した。おかげで、鞄の持ち手が千切れるのが先か、家に着くのが先か、みたいな心配をするはめになったのだが。

帆香はおもむろに立ち上がり、閉め切ってあったカーテンを開けた。

初めて梟がこの窓をコツコツ叩いた時は、本当に驚いた。凜々《りり》しい白眉と金色の目を持った、大きな梟。調べたら、メガネ梟という種類で、母、舞の相棒らしい。梟が持って来た手紙には、そう書いてあった。年に一回、あるかないか。とてもとても短い、飾りけのない手紙。

一度、祖母と大喧嘩《おおげんか》した時のことだ。もう発端は覚えていないが、お互いむきになって心にもないことを沢山言った。

「お母さんだったらそんな風に言わないのに！」

思春期らしく、帆香は第三者に救いを求めた。

「母親と暮らしたこともないお前に、わかるもんか！」

その救いを破壊することに、祖母は容赦がなかった。言い返せなくて、泣いた。父親が仕事から帰ってきて慰めてくれるまで、ただひたすら枕に顔を埋《うず》めて泣いた。

（……魔法が使えないから、私はお母さんに捨てられたの？）

これまでの人生で無限に浮かんできたこの劣等感を閉じ込めるのは、帆香にとってはゴミをゴミ箱に捨てるのと同じくらい簡単に、そして当たり前にできるようになっていた。

（ちがう。お母さんは、流浪の魔法使いだから、仕方ないの）

その証拠に、魔法学園から入学証が届かなくて、途方に暮れて部屋で声を殺して泣いていた時も、窓は叩かれた。届けられた手紙には、双葉の店への行き方が『あなたの未来のためになりますように』という言葉とともに記されていた。

（これでよかったんだ……）

夕闇が迫ってきていた。帆香はカーテンを閉める。

3.

夏休みが始まった。

帆香は近所の蕎麦屋《そばや》で、夏休みの間働かせてもらえることになった。課題をしてバイトをして、何度か中学時代の友人たちに会って、時々クララや英美と連絡を取る。遠出こそしないが、模範的な夏休みの過ごし方と言えた。

そんな穏やかな八月を二週間ほど過ぎたころ。帆香は双葉と約束していた、定期メンテナンスをしてもらうために、久しぶりに町に出た。

指定されたのは、最初に訪ねたビルではなく、その近所に建つマンションの一室だった。不思議に思いながら、エレベーターで最上階まで上る。今日は白のTシャツに紺のミディアムスカート、それに暑かったからカンカン帽を被って来た。エレベーター内に取り付けられた鏡で、汗で張り付いた前髪を軽く直す。

「いらっしゃい、佐倉さん」

教えられていた部屋のインターホンを鳴らすと、すぐにドアが開いて双葉が顔を出した。今日はスーツ姿ではなく、麻のシャツにブラウンのパンツというラフな格好だった。

「お久しぶりです」

「すみません、わざわざこっちまで来てもらっちゃって」

「いえ。えっと、ここは……？」

「自宅です。さ、上がって」

帆香はたじろいだ。双葉の自宅ということは、千夜の自宅ということだ。鉢合わせたらどうしよう。けれどここまで来て、やっぱり帰りますとも言えなかった。

「お邪魔します」

恐る恐る敷居をまたぐ。

通されたリビングは、広々としていた。いわゆるデザイナーズマンションなのだろう。開放的な窓から、明るい陽が射し込んでくる。店と同じで、雑貨というか、写真立てなどの、生活感のある装飾はほとんどない。中央の青色のソファに勧められるがまま、腰を下ろした。

ひとまず千夜がいなさそうでほっとする。

「くつろいでて。飲み物は何がいい？　暑いし、冷たいのがいいわよね？　えーと……コーヒー、紅茶、ハーブティー、あと緑茶……」

「あっ、じゃあ紅茶をお願いします」

「ミルク？　レモン？」

「ミルクで」

店ではないせいか、双葉の口調は軽い。しばらくして、丸いグラスに注《つ》がれた紅茶と、茶菓子が運ばれて来た。その香りに、緊張が少しほぐれる。

「学校はどうです？」

「あ、はい。楽しいです」

双葉が、帆香の前にある、ひとりがけのソファに腰を沈めながら聞いた。

「魔力は問題ない？　抽出までに時間がかかるとか、魔法が使えないなんてことも？」

「大丈夫です。今のところ、普通に使えてます」

「よかった。実はね、こんなに沢山の魔力を貸すのは初めてだから、少し心配していたんですよ」

「お客さん、他にもいるんですか？」

「いますよ。でも普通の人間は使いこなせないことがほとんどだし、魔力を借りに来る魔法使いも、自分は魔力を借りています！　なんて大声で言わないから、全然広まらないんですけどね」

　それはそうだろう。帆香だって、できれば言いたくなかった。

「だけど、そんなに魔力を貸してしまったら、双葉さんの魔力がなくなっちゃいませんか？」

「そこは色々ありましてね……あ、誰かから盗《と》ったものとかじゃないですよ？　とにかく、私は平気です」

　不敵な笑みだった。沢山の魔力を持っているということだろうか。それとも、何か別の秘密があるのか。聞いたところで、教えてはもらえないだろうけれど。

「……でも、じゃあ、みんな魔力を借りれば、もっと魔法が使えるようになるのに」

　独り言のように、ぽろりと口に出した言葉を、双葉が拾う。

「あら。佐倉さん、多分勘違いしてますよ」

「勘違い、ですか？」

　開いた窓から、心地のよい風と共に、トタントタンと列車の走る音が入ってきた。

　双葉は、帆香の目をじっと見る。

「量と力の関係を否定はしませんけど、必ずしも魔力が多ければ魔法が上手《うま》く使えるってわけではないんです。むしろ、ほとんどの魔法使いは魔力とそれを満たす器を十分に持っている、ちゃんとね。もし学校で、佐倉さんの成績が他の人よりいいのなら、それは魔力の量ではなくて、あなた自身の力ですよ」

帆香は、双葉の目を見返した。

驚いていた。自分でもよくわかっていなかったもやもやを、双葉が見抜いたことに。

自分の成績がいいのは、レンタルとはいえ、魔力が十分にあるからかもしれないと。

先生に褒められるたびに、うれしい反面、ズルをしているような気持ちにもなった。以前千夜に、他力本願と非難されたことも影響していたかもしれない。

努力する自分が、滑稽にも思われた。けれどそうではなかったのだ。

「さ、そろそろ本題に移りましょうね。ペンダントを出してください」

何でもないことのように、双葉はあっさりとその話題を打ち切った。

「あっ、はい」

首からペンダントを外し、双葉に渡す。ほとんど肌身離さず着けているため、なくなると少し心許《こころもと》ない。

双葉は片手で持てるくらいのトランクケースを持って来た。どうやら工具箱のようだ。中から時計職人が使っていそうなルーペを取り出し、それでペンダントをくまなく点検し始めた。

「綺麗に使っていただけているようですね」

「はい。毎日寝る前にやわらかい布で拭いています」

「それはとてもいいことです」

その後も細かな傷を確認したり、金具の具合を見たり、水晶をふったりしていたが、突然立ち上がり、

「ここからはデリケートな作業なので、少し席を外します。佐倉さんはお茶でも飲みながら、ゆっくりしていてください」

そう言い残して、工具箱といっしょに別の部屋に行ってしまった。手持ち無沙汰になってしまった帆香は、言われた通り紅茶をすすりながら、ぼんやり窓外を眺める。最上階なだけあって、視界を遮るものがない。夏の空はまだ明るいが、もう夕方だろう。時計を確認すると、四時を過ぎていた。

日の出ている内に、家に着けるだろうか。そんなことを考えていると、廊下に続くドアが開いた。双葉が戻って来たのだろうと振り返ると、違った。そこにいたのは、買い物袋を提げた千夜だった。スーパーにでも行っていたのだろうか。黒の半袖パーカーにジーパンと、格好もラフだ。

完全に忘れていた。

帆香がいることを知らなかったのは、相手の驚いた顔を見れば一目瞭然だった。

「何で佐倉がうちにいるんだ……？」

驚き過ぎて、いつもの不機嫌さも忘れてしまっているようだ。

「あっ、あのっ、すぐ帰るから！　そのっ、双葉さんに呼ばれて……定期メンテナンスをしに……も、もうすぐ終わると思うんだけど……」

なぜこっちが言い訳じみたことを言わなければならないのだ。

「…………ふうん」

（あ、戻った）

会話をするのは、旧校舎での実技試験以来だ。これが会話と呼べるなら、であるが。

千夜はそれ以上何も聞かずに、ダイニングキッチンの方に向かい、冷蔵庫に買ってきたものをしまい始めた。

そこに双葉が戻って来る。

「あ、千夜おかえり」

「客が来るなら、前もって言え」

「だってあなた、言ったら今日帰って来なかったでしょ？」

言い方に違和感を覚えた。これではまるで、今日帰って来てほしかったようではないか。いや、もちろん母親として、息子が帰って来ないと心配ではあるだろうが。

「佐倉さん、うちの息子と同じクラスよね？」

急に話を振られて、帆香は姿勢を正した。

「はい。そうですけど……」

「よかったら今日、夕飯食べていきません？」

「はあっ⁉」

声を荒らげたのは、千夜だ。帆香は何も言えずにいる。

「誰が作ると思ってんだよ」

「当番はあなたね」

「そうだよ。せめて買い物行く前に言えよ」

「だって言ったら――」

「そうだな。帰って来なかったな」

てっきり千夜は、帆香と食卓を囲むのが嫌で怒っているのかと思ったが、彼らのやりとりを聞いていると、どうもそうではないようだ。どうやら、今日の夕飯は千夜が作る番で、そして買い出しを済ませたあとに人数が増えたことが不満らしい。

こうしてはいられないと、帆香はおずおずと親子の会話に入る。

「あの……、ご迷惑ですし、私、帰ります」

ここで、もっとちゃんとした理由をあげておけばよかったのだ。双葉は立ち上がりかけた帆香を優しく、だがほとんど強引に、押し戻した。

「待ってください。佐倉さんに、ちょっと、頼みたいことがありまして」

千夜が大げさにため息を吐いてみせた。

「頼みたいこと、ですか？」

彼ほどあからさまではなかったが、帆香も多少いぶかしみながら聞き返す。

双葉は上機嫌だ。

「詳しい話は、夕飯を食べながらしましょう」

結局、帆香は断れなかった。それは、双葉に貸しを作っておけば、後々役に立つかもという打算的な考えと、単純に持ち前の好奇心が勝ったからだ。大人の魔女である双葉が、子供の見習い魔女である自分に何を頼むのか。あと、千夜はどんな料理を作るのか。それに、自分がいることで千夜が困るのが、ちょっとした仕返しになっていたのもよかった。要は、帆香の神経は意外と太かったのだ。

「佐倉さん、うちのがご飯作ってる間、魔法具を見せてあげましょうか？」

「ぜひ」

そんなわけで、帆香は一色家で夕べを過ごすことになった。

千夜は始終迷惑そうにしていたが、母親には逆らえないのか、大人しく夕飯を作り始めた。食材が足りない件については、冷蔵庫にあったものでどうにかしたようだ。

その間、帆香は約束通り、双葉に様々な魔法具を見せてもらった。バイト先の店長は、買ってきた物は全て飾らないと気が済まないようだが、双葉は逆に、きちんと仕舞っておきたいようだった。

大きな宝石箱らしいケースを持って来て、ひとつひとつ帆香に説明していく。

内容は、握っていると歯の痛みが消える石とか、虫の寄って来ない蠟燭といった間の抜けたものが多かった。ちなみに前者は、握るのをやめると痛みが復活するし、後者は蚊取り線香の方が優秀ということだった。

「この石なら月額３９０円でお貸ししますよ」

「今のところ歯は痛くないのでいりません」

「昔、千夜が虫歯になった時は、夜寝る時もこの石を――」

「余計なこと言うなよ」

台所の方から地を這うような低音が聞こえてきたが、双葉は笑っただけだった。

ただ時々、物騒な道具も混じっていた。それらが紹介される度に、帆香の身体には恐怖と、謎の高揚感が駆け巡った。

「このルビーが付いた指輪は、催眠、つまり人を惑わす道具ですね。とある魔女が実際に使っていたものです」

「惑わす……。何だか怖いですね」

しかし、双葉の意見は違った。

「怖いでしょうか？　でも魔女がこの指輪の効果を発揮させたのは、彼女自身が魔女裁判を受けることになった時です。これのお陰で、彼女は命拾いしたんです」

逃げるために使ったということだ。双葉の言葉に、熱がこもる。

「全ては使う人次第です。それは魔法具だけではなく、全ての道具に対して言えること。ただ力が強い物はその分、使い方を間違えた時の代償が大きいですけど」

帆香は、まだペンダントが戻ってきていないにもかかわらず、胸元に手をやった。

自分は、ちゃんと使えているだろうか。

その後も千夜が呼ぶまで、双葉の魔法具講座は続いた。

夕飯は、肉じゃがときんぴらごぼう、ほうれん草のおひたし、冷《ひ》や奴《やっこ》、それになめこ汁にご飯と、和食中心だった。千夜いわく、「寮は洋食が多いから、家では和食が食べたい」とのこと。三人でダイニングテーブルを囲む。会話はそれほど多くはなかったが、ご飯を食べているせいかあまり気にならなかった。双葉はきんぴらをつまみながら日本酒を飲んでいる。

頼みたいことについて、夕飯を食べながら話すと言っていたが、それについて双葉が話し始めたのは、帆香が箸を置いて手を合わせた時だった。

「おいしかったです。ごちそうさまでした」

「……ん」

相変わらず返事は短いが、千夜も褒められて満更でもなさそうだった。

気付けば、とっぷりと日が暮れていた。

「千夜、あなた佐倉さん送って行きなさいよ」

双葉が言った。

「大丈夫ですよ。駅、すぐそこですし」

千夜が嫌な顔をするまえに、やんわりと断ろうとした。しかし双葉は立ち上がり、部屋を出て行ったかと思うと、なぜか箒を二本持って帰って来た。昔ながらの竹箒だ。こんな瀟洒《しょうしゃ》なマンションに竹箒があるのかというのは愚問だ。いつの時代も、魔法使いは箒で空を飛ぶのだから。

「もう学校で空は飛んだわよね？」

「授業中に、少しだけ……」

帆香は暗に飛べないと言ったつもりだったのだが、双葉は飛べると解釈したようだった。じゃあ大丈夫ねと、帆香に箒を一本渡した。思わず受け取ってしまう。

「さっき言ってた頼みごとなんだけど、ちょっと空を飛んでほしいのよ」

「空を？　でも、私たち、試験に合格しないと勝手に飛んじゃいけないんです」

「大丈夫大丈夫」

酔っているのか、ずいぶん口調が軽い。それにしたって、息子が通っている学校の校則を破れという母親も珍しい。戸惑っていると、千夜がぶっきらぼうに言った。

「そいつ、魔法社会で暮らしたことどころか、学園にも通ったことないから、校則とか言っても無意味だぞ」

「私は学校なんて行かなくても、立派な魔女だからいいのよ」

やはり双葉は野良だったらしい。けれど彼女の言う通り、学園に通っている者たちよりよっぽど魔女らしいかもしれない。謎めいている、という意味でも。

「大丈夫っていうのは、本当なの。試作していた魔法薬が完成したのよ」

双葉は冷蔵庫から蓋の付いた試験管を取り出した。中には、薄いピンク色をした液体が入っている。

「さっきから冷蔵庫開けるたびに視界に入って来てうっとうしかったんだけど、何なんだよ、それ」

聞いた千夜は、しかし興味がなさそうに食器を片し始めた。部屋を流れる空気的に、こういったことは日常茶飯事なのだろう。帆香だけが、取り残されていた。

「これを飲めば、自動的にまやかしの魔法をかけたのと同じ状態になるの」

「まやかしの魔法って、空を飛ぶ時にかけなくちゃいけない魔法ですよね？」

「正解。つまり認識しづらくなるのね。これは、よくよく注視していたり、魔法薬を飲んでいることを知っていたりすると効果が半減してしまうんだけど、魔法使いが飛んでいるかなんて空を見上げている人はまずいないから、ばれません」

「なるほど……要するに、その試作品の効果を確認するために、空を飛んでほしい、ということなんですね？」

「話が早くて助かるわ」

　食器を下げ終わった千夜が戻って来る。双葉は二本箒を持って来た。つまり、千夜にも飛ばせる気なのだ。

「何で佐倉を巻き込むんだ」

「だってあなただけじゃ、ちゃんとやってくれるか、不安なんだもの。校則違反はしたくないって、最近あんまり協力してくれないし」

「当たり前だろ。自分でやれ」

「飲酒運転になっちゃうじゃないの。それにとっくに試したわ。だから安全なことも確認済み。でももう少しデータがほしくて。第三者のね」

「だいたい今日はペルセウス座流星群の最盛期だ。こんな大勢が空見上げてる日にわざわざやらせようとすんな」

　そういえば、そうだ。クララは今頃星読みである両親の手伝いで忙しいのだろう。

　千夜のまともな非難に、しかし双葉は食い下がる。

「だからこそでしょ。さすがに、あなたたちを白昼堂々と飛ばそうとは思ってなかったし、だけど普通の夜じゃ空を見上げてる人なんてそうそういない。だから流星群の夜にしたのよ。その日なら、それなりの数の人間が空を見上げているし、万が一見つかっても流れ星だとでも思うでしょうし……」

「思うわけないだろ」

双葉がこの日に帆香を呼んだのは、このためだったらしい。最初から、計画的だったようだ。

息子を説得することは早々に諦めたらしく、双葉は帆香に矛先を変えた。どうやら魔法のこととなると、見境がなくなるタイプのようだ。息子だろうが客だろうが、使えるものは使う。

「佐倉さんだって、一度思い切り飛んだ方がいいですよ。魔女なんですから」

「確かに、興味はありますけど……」

授業ではまだ、数えるほどしか高く飛ばせてもらっていない。空を自由に飛びたいという欲は、常にある。

「そうでなきゃ。魔法使いは自由を愛する生き物よ。だから教師たちは教室に生徒を閉じ込めていないで、もっと飛ばせなきゃだめなのよ。みんな飛べるんだから。そういう意味でも、この魔法薬は、是が非でも実用化させなくちゃ」

双葉の言う通りだった。不思議なことに、魔法の力が弱まっても、魔法使いたちは空を飛ぶことに関しては、比較的今でも力を残している。箒に乗って宙に浮く、という魔法で躓《つまず》く生徒はいないのだ。中には、クララのような高所恐怖症もいたが。

「でも、やっぱり、校則を破るのは……、見つからなければいいというものではないですし……」

天秤《てんびん》は揺れている。口にしているのは本心ではあるのだが、誘惑に負けそうでもある。

ただ、千夜からの「断れ」という、鋭利な視線が背中に刺さるのだ。

すると双葉は演技がかった動作でため息を吐き、千夜に受け取ってもらえなかった箒を机にそっと立てかけた。

そして、

「そうですか。もし佐倉さんが協力してくれたら、九月分のレンタル料、バイト代として半額にしようと思っていたのですが――」

「やらせてください」

食い気味に承った。

「おまえっ、そんなことで手のひら返すのか……！」

裏切り者と言いたげな千夜に、帆香は反論する。

「そんなことですって？　半額っていったら、五万円近くも浮くんだよ。ちょっと空飛ぶだけで、喫茶店で五十時間以上の働きになるの！」

平日だけであれば、およそ半月分だ。

その反論に、千夜は目を見開いた。

思わず言い返したものの、さすがにがめつかったかもしれない。頬が熱くなる。けれど、実際にそうなのだ。

「ありがとう佐倉さん。あなたならそう言ってくれると思ってました。あー、でもこんなにかわいい女の子をひとりで夜の町に飛ばすなんてねぇ。それって男としてはまずいんじゃないかしら。ねぇ、千夜？」

双葉は自分で立てかけた箒をもう一度掴み、息子にずいっと差し出した。

とうとう陥落した。千夜は舌打ちと共に、箒を奪うようにして受け取った。


まやかしの魔法薬は、その色の通り、桜の砂糖漬けのような味がした。おいしいのだが、逆にどんな材料を使っているのか気になる。一年生の帆香には見当も付かない。

「空は寒くないかしら。佐倉さん、上着貸しましょうか？」

「今夜は暑いくらいなので、大丈夫です」

箒を受け取ったふたりは、双葉の説明を受ける。飛ぶ距離は、帆香の家まで、ということになった。自宅までは電車で一時間ほどであったが、直線で飛べば箒でもそれほどかからない。

「だめそうなら、途中で引き返して来てくださいね。万が一見つかったら、もちろん強行突破などせずに、隠れてくだささい。無理はせず」

「はい。がんばります」

「町の上を飛んでいる間は、できるだけ人の目につくように低く飛んでください。ただし大声は出さないで。まやかしも、注意を引けば見つかってしまいます。千夜はちゃんと佐倉さんを家まで送り届けてね。薬の効果も心配しなくていいから」

そして、窓は開け放たれた。思った通り、今夜の気温は高く、生温《なまぬる》い風が入って来る。上空を飛べばさぞ気持ちがいいだろう。まだ九時前だったが、早くもベランダに出て空を見上げている人もいるようだ。はしゃぐ子供たちの声が聞こえてきた。

「結果はメールしてください。今日じゃなくていいですから」

「わかりました」

ふたりは靴を履き、箒にまたがる。帆香はペンダントを返してもらっていた。メンテナンスしてもらって、ぴかぴかだ。

準備が整った。

「それでは、いい旅を」

今日いちばんのいい笑顔で、双葉は手を振った。

「……さっさと行くぞ」

千夜が、一足先に夜の空へ飛び出していく。

「双葉さん、お邪魔しました」

帆香もそのあとを追うようにして、ベランダの欄干を蹴った。上昇すると、ぐっと星が近くなる。

てっきりどんどん先に行ってしまうと思っていた千夜が、少し昇ったところで停止して待っていた。追い付くと、ふたりは並んで飛んだ。暗いが方角はわかっていたので、問題はなかった。それに、これはどちらの視界も経験した帆香だからこそわかるのだが、魔法使いは夜目がきくのだ。

（風が気持ちいい……）

夜の町を飛ぶ、というのは、この上なく愉快なことだった。上にも下にも、空が広がっているような気分になる。今夜は三日月だったし、雲もなくて、星がよく見える。

双葉に言われた通り、建造物や木に引っかからない程度の高さを心掛けて飛ぶ。仕事帰りの人々や、夜の町に繰り出して来た若者たちで、通りは結構賑やかだ。中には、空を見上げている人もいる。そのすぐ上を通過する時、最初の内はどきどきしていたが、やがて魔法薬の効果が出ているとわかって、飛ぶことに集中できた。

ただ、横を飛ぶ千夜のことが気になった。レンタル代が半額になるとか、帰りの電車賃が浮くとか、帆香には多くのメリットがあったが、彼にはない。むしろ、わざわざ夏休みに校則を破って、仲良くもないクラスメイトを送り届けなければならない。

少しだけ箒を寄せ、話しかけた。

「ごめんね。私のわがままで付いて来てもらっちゃって。私、ひとりでも帰れるから、千夜君戻ってもいいよ」

「送るって言ったんだから、最後まで送る」

「……そう。ありがとう」

「…………自分で払ってるんだな」

何のことかと思って、レンタル料以外にないと気付く。

「うん」

「俺は、てっきり親のすね齧ってるのかと思ってた。お前の母親、有名人なんだろ？」

「うーん……、お母さんは家にいないし、お父さんは私が魔法学園に通ってること自体、よく思ってないの。あ、でもバイトは好きだから、さっきの言葉は気にしないで」

「……俺も、魔法学園なんて行かなくていいって散々言われた」

千夜の方を向くと、彼は夜を見ていた。

双葉が魔法学園をよく思っていないことは、先ほどの会話でわかった。千夜だって、双葉の元で魔法を学べば、学園に通わなくても魔法使いとしての実力は付きそうだ。それを選ばなかったということは、きっと色々あるのだろう。自分と同じように。

「そういえば、どうして実技試験の時、グループに入ってくれたの？」

「あいつに……双葉に、佐倉が最初は慣れないだろうから、何かあったらフォローしろって言われてたんだよ。まあ、必要なかったみたいだけどな」

「あ、そういうことなんだ」

いや、少し考えればわかることだった。ただやはり、仕方なく入った、ということがわかると、もやもやはする。知らない内に、迷惑をかけていたのだ。帆香自身にはどうしようもなかったが、千夜だって、わざわざ学校で好きでもない女子を見守れ、などと命令されたら、おもしろくないだろう。

「結局、あの化け物は何だったんだろうな」

実技試験の最中に起こった事件のことだ。東海に言われたことを、千夜に伝える。

「あのあと、東海先生、なんにも言ってこないの」

「そもそも、信じてもらえたのか？」

「どうかな……」

正直、あまり真剣には受け取ってもらえなかった気がする。

「まあ、他のクラスも実施したってことは、問題は見つからなかったってことだろ」

そういえば、家に帰って来てから、例の悪夢にうなされなくなった。やはり、魔法学園という何もかも初めての生活に、身体が疲れていたのだろうか。何はともあれ、夜ぐっすり眠れるのはありがたかったが。

「案外、教師の仕込みかもな」

「まさか。それなら、私たちだけっていうのは、おかしくない？」

「噂を流すのが目的なら、一グループに見せるだけで十分だろ。他のクラスとか、翌年の生徒に噂が伝われば、全員緊張感を持って試験に臨むんだから」

その推測もわかるが、本当に教師たちがあんなことをするだろうか。おぞましい怪物の姿を思い出すと、寒くもないのに身体が震える。自分がまだ、こちら側の世界に慣れていないせいだろうか。

「あっ、流れ星！」

住宅街の上を飛んでいたら、どこかで誰かが叫んだ。

そうだ。せっかく自由に空が飛べて、そして流星群の日なのだから、難しいことは忘れて、楽しみたい。

「ねえ、そろそろもっと上を飛んでみない？　その方が、きっと星がよく見えるよ」

千夜に呼びかけると、帆香は返事も聞かず、箒を舞い上がらせた。

「おい、勝手に先行くなよ」

千夜が慌ててあとを追う。

「やっぱり思い切り飛ぶのって楽しいね！」

あまりにも幸福が溢れて、この時ばかりは帆香も、自分の中に魔女の血が流れているのだと信じることができた。穂先を下に向けて、くるりとまわってみせる。遥か上を仰ぐと、満天の星が見えた。プラネタリウムの中にいると錯覚しそうな、偽物みたいに美しい星空だ。目を閉じて、冷えた空気を呑《の》み込《こ》んだ。

「あんまりはしゃぐなよ。落ちても知らないからな」

追いついた千夜が、そう注意する。

「ごめん。つい楽しくて」

真っ直ぐに飛びながら、流れ星を探す。ほどなくして、白い斜線が視界を横切った。ひとつ見つけると、次々、縦横無尽に、星が流れ出す。彼らもまた、魔法使いと同じように、空を飛んでいるようだった。

立派な魔女になれますように、心の中で願う。

千夜が感心したように言う。

「案外、流れるもんなんだな」

「特等席だね」

少しは打ち解けられたのだろうか。千夜は笑わなかったけれど、いつも帆香に見せるような、あの敵意のある、不機嫌そうな顔もしていなかった。

ふと、彼はどんな風に笑うんだろうなと思った。同じ教室で生活して、少なくとも毎日姿を見ているはずなのだが、彼が笑っているところを見たことがない。それでもクラスでは帆香よりも上手くやっているのだから、世知辛い世の中だ。

上を向いて、星に気を取られていたせいだった。突然、強い風が吹いた。何とかその風に乗ることはできたのだが、大きく揺れた拍子に、

「帽子が……！」

しっかり被っていた帽子が、飛んでしまった。反射的に掴もうとして、手を伸ばしたのがまずかった。その拍子に箒が回転したのだ。帽子は掴めたものの、安定感を失い、態勢が左に崩れてしまう。ガクッと、急激な降下を感じた瞬間、

「あっ、あーっ！」

「あっ、ばか！」

まずいと思った時には、身体が箒から落ちた。世界がひっくり返る。あんなに近かった空が遠のく。かろうじて左手で箒を掴んでいるが、浮遊の魔法がほとんど解けてしまっている。急いで、急いで魔法をかけ直さなくては。そう思うものの、やはり平常心ではいられなくて、中々魔法がかからない。物凄《ものすご》いスピードで、地面が近付く。

次の瞬間。落ちた時と同様に、ガクッと身体が止まった。いや、止まってはいない。ただ落ちる速度が、緩やかになった。

「お前なあっ、心臓止まるかと思ったぞ！」

頭上から、怒声が降ってきた。見上げると、顔面蒼白《そうはく》の千夜と目が合う。どうやら、追いかけて、箒の穂先を掴んでくれたようだ。

地面はすぐそこ。心臓が、内側から胸を殴りつける勢いでばくばく動いているのがわかる。まさに、間一髪だったのだ。

「す……すみませんでした……」

冷静になると、恐怖が遅れてやってきた。ゆっくりと歩道に着地すると、膝から崩れ落ちるように、その場にへたり込む。

「命知らずな奴《やつ》だな。無事か？」

少し遅れて地面に下りた千夜が、帆香と目を合わせるように、しゃがんだ。帆香は帽子が潰れるほど強く握りしめた。息を吐き出して、恐怖を身体の外に逃がす。

「平気。それより、本当にありがとう」

「猛省しろ」

返す言葉がない。完全に自らの不注意が招いた。慣れていないのに、はしゃいだせいだ。命綱なんてないのに。今回は千夜のおかげで助かったが、ひとつ間違えば死んでいただろう。本当に、猛省すべきだ。

帆香が、一片の偽りもなく、心の底から猛省していた時、

「ねー、お母さーん、今空から箒みたいな物が落ちて来たよー！」

女の子の声が聞こえた。声のした方を見ると、小学生くらいの少女がベランダから乗り出すようにして、こっちを見ている。魔法薬のおかげか、姿を認識されているわけで

はないようだったが、自分たちのことを指しているのは間違いない。大声を出したせいで、魔法薬の効果が薄れてしまったのだろう。ふたりは即座に視線だけで相談し、ベランダから死角になる塀の陰に移動した。

「箒？　流れ星じゃなくて？」

母親らしき人の声が聞こえた。夜で静かなせいか、声がよく響く。

「うーん、わかんないけど、家の近くに落ちて来たみたい」

「流れ星がここまで落ちてくるわけないでしょ」

「えー、ほんとだよ。外、見に行って来てもいい？」

それはまずい気がする。少女が出てくる前に逃げなければ。そう考えて、けれど少しおもしろいことを思い付いた。帆香は杖を取り出すと、魔法の光を灯した。千夜が怪訝な顔をするが、気にせず杖をふり、

「〈空へ届けて〉」

それを上に向かって打ち上げる。光の玉は尾を引きながら、花火のように空に昇っていく。しかしそれは弾《はじ》けることはなく、夜空に吸い込まれるようにして消えた。果たして少女は見てくれただろうか。

「お母さんお母さん！　流れ星、空に帰ってったよ！」

はしゃぐ声がした。上手くいったようだ。

「さっきから何言ってるのよ。さ、もう十分流れ星見たでしょ。お風呂入っちゃって」

「ほんとなのにー……」

不満げな女の子の声が、途中で消えた。窓を閉めたようだ。ふたりは様子を見るために、しばらく声を押し殺していたが、ついに帆香は、笑いだしてしまった。

「ほ、ほんとうに、私たち、流れ星になっちゃったね」

「呑気な奴だな。もう自分のしたことを忘れたのか」

言葉はきついが、千夜も呆れながらも笑っている。笑顔と呼んでいいのかはわからないが、初めて見る表情に、思わず笑うのをやめて、まじまじと見てしまう。

見られていることに気付いたらしい千夜は、また眉間に皺を寄せてしまった。そして死角へ移動する際に落としてしまった帽子を拾い上げると、帆香の頭に被せ、ぐっと押し込んだ。

「い、いたっ」

「さっさと行くぞ。もう落ちるなよ」

ぶっきらぼうに、ひとりでさっさと箒にまたがり、飛んで行ってしまう。置いて行かれては困ると、帆香も箒にまたがった。笑ったせいか、恐怖は身体から抜け落ちていて、もう一度空に戻っても、手が震えたりはしなかった。

今度は両手でしっかり箒を握り、気合いを入れて飛ぶ。同じ失敗はしない。

その後はなにもなく、ほどなくして、自宅にたどり着いた。前の道に降り立つ。

「箒、どうすればいい？」

「持って帰る」

千夜は箒を受け取ると、紐を取り出して、それを背中に斜めになるように括《くく》り付《つ》けた。不格好だが、別に誰が見るわけでもない。

「今日はありがとう。気を付けて帰ってね」

「ああ、………………またな」

短く挨拶すると、千夜はふわりと飛び上がり、やはり流れ星のように、直線を描きながら帰って行った。それを見えなくなるまで見送って、帆香も家に入る。夏休み初日に家に帰って来た時よりも、我が家を久々に見たような気分になる。まるで、大冒険をしてきたあとのようだ。楽しかったけど、疲れた。

「ただいまー」

返事がない。父親には遅くなるとメールを入れてあるから、心配したり怒ったりはしていないはずだが。いないのだろうか。

リビングに行くと、しかし父はテレビを見ていた。

「ただいま！」

聞こえていなかったのだろうか。今度は大声で呼びかける。すると、父は飛び上がる勢いで、大げさに驚いた。

「帆香!? いつ帰って来たんだ?」

「今帰って来たところだけど……?」

「帰ってくるなら、もっと堂々と入ってこい! 泥棒かと思ったぞ!」

ここでようやく、魔法薬がまだ切れていなかったことに気付いたのだった。

第三部　夢見た魔女

1.

帆香は夢を見ていた。よくない夢だ。

爛《ただ》れた蝙蝠のような姿をした怪物が迫ってくる。どろどろに溶けて腐った身体を引きずり、しかし確実にこちらに近付いてくる。何かを探しているようにも見えた。

隠さなくては。何を？

逃げなくては。だけど、こんな闇の中で、どうやって？　どこに？

早く夢が覚めればいいのに。苦しくてもがく。怪物は今や眼前だった。それはこちらに向かって手を伸ばし、そして、笑ったのだ。笑ったとわかったのは、怪物が口端を吊り上げて、キィキィと甲高い、耳障りな声を発したからだ。

やめて。聞きたくない。帆香は耳を塞ごうと手を上げて、そして悲鳴を上げた。

なぜなら、その手が、怪物のそれだったからだ。

「はあっ……！　はあ、あ……」

目を覚ました。自分の手を見る。人間の、自分の手だ。その手で、汗を拭った。寒くて、布団の中に潜り込む。暗闇が怖くなって、手だけ出して枕元の携帯を探した。無機質な光に安心しながら時刻を確認すると、深夜二時。

悲鳴を上げたのは、夢の中か、現実か。英美を起こさなかっただろうか。

学園に戻って来たと思ったら、これだ。一体どうして、こんな夢ばかり見るのだ。本来なら持たない魔力を持ったせいだろうか。いや、魔力を持っていても、夏休みに家にいる時は見なかった。学園にいる時ばかり見る。

まるで呪いのようだ。起きたのに、まだ息苦しいような気がした。

「帆香たちのクラスは、もう魔法祭の出し物決まった？」

「まだ。多分、明日のクラス会で決めるんだと思う」

珍しくバイトが入らなかった帆香は放課後、クララと英美と共に、中庭で魔法実技の課題をやっているところだった。なぜ中庭かと言えば、内容が、蓋を被せたグラスに水を満たす、というものだからだ。ガラス越しに水を出現させるこの魔法は難易度が高く、室内でやると高確率で部屋が水浸しになる。そのため、中庭のいたるところで、一年生が水を飛ばしていた。庭師も、今日は水撒《みずま》きをしなくてよさそうだ。

「〈杯に水を〉」

クララが杖をふる。グラスの中に水が出現して、しかし量が多かった。蓋を押しのけて、水が溢れ出した。

「あ〜、あらららら」

「クララは杖をふる時間が長すぎるんだと思う。池を作るわけじゃないから、さっとふるだけでいいよ」

帆香がアドバイスすると、クララはにっこり笑って頷いた。実はというとこの課題、帆香は授業中に終わっていた。今は英美とクララにアドバイスしながら、花壇の縁に腰かけ、教科書を広げて明日の予習をしている。

「もう少しでできそうな気がする！　英美ちゃん、わたしもう一回やってもいい？」

英美がいいよと手で示すと、クララがまたもにっこりして、グラスの中の水を、中央にある噴水に流した。

そして冒頭の会話の続きに戻る。

「そうなんだ。うちのクラスは、映像演出だって」

「映像演出って何するの？」

「白黒の無声映画を撮るんだってさ。ストーリーはありきたりだけどね。でも夜に流せば、いい感じに、雰囲気出ると思うよ」

「へー、おもしろそう」

魔法祭とは、十月三十一日、つまりハロウィンの日に学園で行われる祭りのことだ。魔法使いたちにとって、ハロウィンは一年でいちばん大切な日だ。学園でやる魔法祭は、いわゆる学祭みたいなものだが、魔法祭は学祭と違い夜がメインだ。夜通し、巨大なかがり火を燃やし続けるらしい。

ただやはり学祭みたいなものではあるから、クラスや部活で、展示や模擬店を出すのだ。夏休みが明けた九月から出し物を決めて、ぼちぼち準備を開始する。

「わーい！　見て見て、帆香ちゃんのアドバイス通りにやったら、できたよー！」

クララが手を叩いて、話し込んでいた二人の注意を自身に向けた。見れば、目の前にあったグラスには、透明な水が七分目ほど。ゆらゆら水面が揺らいでいる。

「すごいじゃん。あーあ、コーラとかオレンジジュースとは言わないから、せめてこれがお茶だったら、もっとやる気が出るんだけどな」

「氷が出せるようになったら、ちょっと役に立つね」

「難易度高いし、夏が終わってからできてもね……」

英美が愚痴をこぼしながらも、自分の番だと、杖を取り出し立ち上がった。杖は制服のベルトに差せるようになっている。とても魔女っぽくて、帆香は気に入っている。

「よしっ、がんばりますか」

英美が歩き出し、花壇に帆香がひとりになったタイミングで。

バシャン！

帆香の背後から、大量の水が落ちてきた。驚いて、身体が固まる。

「ちょ、帆香、大丈夫？」

英美が慌てたように戻ってくる。背筋に水が伝って、不快感が身体を覆う。背後から、嫌な笑い声が聞こえてきた。

「佐倉さんごめんね〜、練習してたら、手元がくるっちゃって」

優梨の声だ。どうせいつものグループだろう。帆香は無言のまま、立ち上がった。

「はあ？　手にグラス持ってて、それはないでしょ？」

「だから、捨てようとしたらそこに佐倉さんがいたんだって」

「へらへら言い訳してないで、ちゃんと謝りなさいよ」

英美が怒気をはらんだ声で優梨たちに詰め寄ろうとしたので、慌てて止めに入る。

「英美、私は平気だから。ほら、今日暑いし」

「ほんとごめんねー。でも佐倉さん、失くし者なのに魔法がお上手だから、これくらい防げると思ったんだけどなぁ」

帆香が授業中に魔法を成功させた時点で、もう彼女たちの気に食わなかったのだろう。悔しければ、努力すればいいのに。もっとも、彼女たちにとっては、帆香の何もかもが不愉快で仕方がないのだろうが。

「もっと周りを確認した方がいいとは思うけど、気にしないで」

そんなのだから魔法も上手くできないのよと、言外で伝える。

両手を合わせるポーズだけの謝罪と、妙な猫なで声に腹は立つが、彼女たちの挑発に乗れば、相手を喜ばせるだけだ。

「帆香ちゃん、寮に戻って着替えた方がいいよ？」

駆け寄って来たクララが心配そうに、ハンカチを渡してくれた。

「ありがとう、クララ。ごめんふたりとも、私、先に寮に戻るね。英美はちゃんと課題終わらせてから帰ってくるんだよ」

早口でそう言うと、鞄を拾い上げて足早にその場を去る。水を被るのは入学してから二度目だ。ただ今回は、怒って、心配してくれる友人がいる。きっと、あとで英美にはもっと怒らないとだめだと叱られるだろうし、クララはお菓子を持ってくるはずだ。だから自分でも思っていたほど、みじめな気持ちにはならなかった。もちろん腹は立つが、しょせん嫉妬だ。どれだけ失くし者と見下したところで、彼女たちは成績では帆香には勝てない。だからこんな幼稚なことをするのだろう。

「さむ……」

暑いとは言ったが、今日は曇りであったし、背中が濡れていてはさすがに冷える。それにあまり人目にさらされたくない。しかし、早歩きで校舎内を移動していると、人だかりがあった。そこは保健室で、その前に生徒が集まっているのだ。

そこに空泳の夏川先生が、廊下の向こうから駆けてくるのが見えた。彼は一年四組の担任だから、四組の生徒が怪我でもしたのだろうか。

突かれたように胸がざわめいたが、自分の問題を解決する方が先だと、帆香はその場を通り過ぎた。幸いにも、誰も帆香に注意を払わなかった。

＊

その話を聞いたのは、数日後の食堂でだった。

「ねえ、聞いた？　この前、四組の女子生徒が校庭の隅に倒れてたって話。そのあと目は覚めたんだけど、何でか、魔法が全く使えなくなっちゃったんだって」

英美がグラタンを食べながら、クラスで聞いたらしい話を帆香たちに話したのだ。当然の帰結というべきか、帆香は先日保健室の前で見た光景を思い出して、これも話題に追加する。

「そういうことって、よくあるの？　つまり、魔法が使えなくなるみたいな」

今日も日替わりランチを食べながら、帆香は気になっていたことを尋ねる。ちなみに本日のメインはチキンのトマト煮込みだ。やわらかく煮込まれた鶏肉《とりにく》と野菜がおいしい。

「スランプとかじゃないなら、聞いたことないなー。でも大きなショックを受けたりすると、一時的にそうなることもあるって、担任が言ってた」

「倒れてた子は、何て言ってるの？」

「それが、何も覚えていないんだって」

「ふーん？」

味の染みたブロッコリーを齧りながら、帆香は考える。既視感のある話だ。同じくグラタンを食べていたクララが視界に入って、ようやく思い出した。何も覚えていなくて、しかも魔法が使えなくなっている。実技試験の前に聞いた噂話とそっくりだったのだ。

「去年も、同じような事件があったらしいね。試験中に行方不明者が出たってやつ」

「あ、それ、部活の先輩から聞いたことある。じゃあ、たまにあることなのかもね」

「それで済ます？　ちょっと怖くない？」

顔をしかめると、英美はにやりと笑った。

「学園でそんな怖い事件なんてそうそうないよ。きっと体調の悪い生徒が倒れて、体調が悪いから魔法も使えないとか、そんなオチだって。それとも何？　魔法喰いみたいな奴が、学園に紛れ込んでるとか言う？」

魔法喰いとは、魔法に傾倒し過ぎた結果、魔法使いたちから魔力を奪い取るようになってしまった魔法使いのことだ。昔は存在していたようだが、今は都市伝説的な存在だ。話のネタに時々思い出されては、すぐに忘れられてしまうような。

「でも、何も覚えてないって、おかしいでしょ？」

「どうせ、倒れた時に頭の打ち所が悪かったとかだよ。去年のやつは、サボってたのを言い出せなくて、そんな話になったんじゃないかって、先輩も言ってたし。帆香、アニメの見過ぎ。現実はもっと単純だよ」

「英美に言われたくないんだけど……」

とは言ったものの、貧血などの体調不良で倒れる人だっているだろう。それに魔法は繊細なものだ。英美の言う通り、あまり気にしなくていいのかもしれない。

この話題はそこで終わったが、しかし事件はこれで終わりではなかった。むしろそれは始まりに過ぎず、帆香の嫌な予感は、当たっていたのだ。

二人目、三人目が出たのは、それから一週間経ってからだった。皆一様に、倒れた時の記憶がなく、魔法がしばらく使えなくなるのだ。身体的には、数日だるさが続く程度。しかし魔法が使えなくなるというのは、魔法使いにとってはアイデンティティの欠如だ。原因がわからないのも恐ろしい。

人数が増えれば、当然学園は、その話題で持ち切りになった。そして、誰かが、魔法喰いの仕業ではないかと言い出したら、瞬く間にそれが広がってしまう。通称『魔法喰い事件』を、教師たちは否定し、生徒たちに冷静になるよう呼びかけたが、一度膨らんだ噂は、しばらく消えそうになかった。もう暗雲は立ち込めていたのだ。

その一方で、魔法祭の準備は進められた。一組はまだ出し物が決まっていない。そんな中、二度目のクラス会が始まろうとしていた。様々な案が書かれたプリントが配られていく。実代からそのプリントがまわってきた。

「ありがとう」

「どういたしまして」

社交辞令的な微笑みを浮かべ、しかし実代はすぐに自分の席に戻った。だが、これでも、入学当初よりは大分ましになったのだ。積極的に嫌ってくるのは優梨たちのグループくらいで、他の生徒たちとは、必要があれば一言、二言くらいは話すようになった。それでも、腫れ物扱いに違いはなかったが。

「佐倉」

千夜だった。彼が教室で話しかけてくるのは大変珍しい。

ただ、千夜が帆香に話しかけないのは、他の生徒のように帆香が失くし者だからというわけではなく、ただ単に帆香が気に入らないのと、自分の秘密がばれないようにするためだろう。秘密とは、千夜の母親が野良の魔女であるということだ。

「どうしたの？」

「こないだのやつ、あいつが、『ありがとう役に立ちました！』だとさ」

こないだのやつ、というのは、夏休みの件だろう。魔法薬を試すために、流星群の中を飛んだ、あれだ。帆香は人の反応や、女の子が自分たちを「流れ星」と呼んだ時の状況まで、細かく文章にして、メールで送ったのだ。

「私はちゃんと見返りがあるからいいよ。むしろ千夜君に迷惑かけちゃってごめんね」

謝ると、千夜はどこか勝ち誇ったような顔をした。

「こっちも交渉したに決まってるだろ。夏休みの夕飯当番、全部あいつになった」

「そう。よかった」

誇らしげだったから、帆香も真面目な顔で頷き返したが、内心、ずいぶん可愛らしい交渉だなと思っていた。そもそも高校生男子が、当番だからと夕飯を作ること自体珍しいのではないか。家庭によるかもしれないが。

ここで、千夜は声をひそめた。

「それより、これ、ペンダント半年使った分の特典だとさ」

差し出されたのは、小さな鳥の羽根だった。藤色と言えばいいのか、紫がかったピンクをしていて、この羽根を持つ鳥はさぞ美しいだろうと想像させた。そういえばレンタルする時、双葉がちょっとしたプレゼントがあると、言っていたような気もする。

「何これ？」

帆香も、周囲を見まわし、小声で返す。幾人かの女子に睨まれているような気もしたが、遠巻きなので何を話しているかまではわからないだろう。

「探し物が見つかる羽根らしい」

「……便利そうだけど、何で？」

「ペンダント、失くした時とかに便利だろ」

「ああ、そういうことね」

ずっと差し出したままの千夜が、焦れたように言う。

「いるのか？　いらないのか？　いらないなら、俺がこんなもんいるかって、突っ返しておいてやるけど」

「あ、ありがとう。いりますいります」

慌てて受け取る。羽根の根元に金属がはめてあるが、それでも軽い。これ自体を失くさないようにしなくては。

「席についてくださーい」

チャイムが鳴って、学級委員のふたりが教壇に立ったため、千夜は席に戻っていった。

教室が静まったところで、クラス会が始まる。

「それでは、魔法祭の出し物を決めたいと思います。今出ている案は、空き缶で壁を飾り付けるアート、ハロウィンの伝統料理を出す喫茶店、あとお化け屋敷ですね」

まわってきたプリントにも同じことが、詳細と共に書いてある。しかし、これらに対して、帆香は少しばかり不満があった。どれも悪くないが、これでは普通の学校でもできる出し物ばかりだと思ったのだ。もっとこう、魔法学園の生徒だからこそやれるものがいい。じゃあ何かいい案があるのかといえば、思い付いていないし、下手に声を上げて、悪目立ちしたくもなかったのだが。

それでも、頭の中で色々考えるのは楽しかった。

「帆香ちゃんはどれが好き？」

こそっと、クララが話しかけてくる。

「うーん、どれでもいいと思うけど。クララは？」

「わたしは、クリスマスツリーみたいなのがいいな。天井まで届く、大きいやつ。もちろん天辺に星がついてて……、あ、ケーキもあるともっといいよね」

「……それはクリスマスまで待とうね」

まだハロウィンである。だが、キラキラしたツリーは確かにいいものだ。学園の木を飾り付けるのは、ありかもしれない。それも電飾ではなく、魔法の光で。星空みたいに。

しかし、学園中の木にというのは、一年生がやるには規模が大きすぎるだろうか。

キラキラといえば。

「そういえば、流星群の日、両親の手伝いって、何をしたの？」

「ずっと望遠鏡を覗くの。位置が変われば、星の読み方も変わるんだって」

思ったより重労働そうだ。自分のように、箒に乗って空を見上げるくらいがちょうどいいのかもしれない。星空と町の光に三百六十度囲まれたあの光景を思い出す。

「ねえ、ツリーはまだ早いけど、自分たちで星空を作るのはどうかな？　中庭にある池を借りて、みんなの魔法の灯りを沈めて、光でいっぱいにするの。来てくれた人に、小さな灯籠浮かべてもらったりして」

中庭には、噴水付きの円形の池があるのだ。それなりに大きなものだし、実現すればきっと素敵だろう。何気ない思い付きをクララに話すと、彼女は目を輝かせて、

「はーい！　池に星空作るときれいって、帆香ちゃんが言ってます！」

挙手しながら、言った。教室中に響く声で。

案の定、しんとして、クララと帆香に視線が集中する。穴があったら入って蓋をしてもらいたい。

「ええっと……………、佐倉さん、案があるんですか？」

口を開いたのは学級委員で、帆香は入る穴もないため仕方なく立って、クララにした通りに、今度はクラスメイトにも聞こえるように説明した。

しかし帆香が思っていたより、教室の温度は下がらなかった。みんな、帆香と同じように、プリントに書かれた案では、少し退屈だと思っていたのかもしれない。

「事前準備は、池の周りを飾り付けるランタンとか、浮かべる灯籠作りくらいなので、みんなで手分けしてやれば、魔法祭には十分間に合うと思います」

「絶対きれいだよね」

クララが賛成して、ただ、そのあとに続く者がいなかった。クラスの変わり者であるふたりに、率先して関わりたくないのだ。やはり気まずくなって、帆香は話し終えると、早々に席に着いて自身の太ももを見た。

「佐倉さん、ありがとうございました。えー、みなさん、どうでしょうか？」

沈黙。そしてうやむやになって、自分の発言はなかったことになるだろうと、帆香は予想していたのだが、

「俺はいいと思う。魔法祭は、学園で習得したものを披露する場だし、魔法の灯りなら、俺たち一年でもそれほど難しくない」

驚いたことに、真っ先に賛成したのは、千夜だった。思わず顔を上げるが、千夜は前の席のため、帆香の席からはどんな表情をしているかわからない。しかし、クラスの正統な優等生が賛成したことにより、教室の空気は目に見えてやわらかくなった。

「わ、私もいいと思う、魔法祭は夜のお祭りだし。綺麗だと思う」

胸の前で控えめに挙手しながら、実代が発言した。

すると他の生徒も口々に、いいと思う、と言い出した。

「では、中庭を借りていいか、学園の許可を取りに行ってきます」

そして発案者が呆然としているのを尻目に、あっという間に、クラスの出し物は決まってしまったのだった。

2.

無事に中庭の使用許可が下りたため、準備が始まった。誰かが小さい船を浮かべたいと言い出し、採用されたため、自然と男子が船作り、女子がランタンや灯籠作りということになった。デザインが得意な生徒が設計して、みんなで作業を分担しながら作っていく。

十月に入った。

目に見えない恐怖よりも、目前に迫った楽しみの方に、誰もが目を向けたがった。つまり、皆魔法祭のことで忙しかったのだ。

そんな休み時間。クララが魔法実技の準備を任されて席を外していたため、帆香はひとりで作業をしていた。灯籠の木枠に紙を貼り付ける係だから、それ自体はさほど難しくない。ただ、放課後や休日はバイトがあるため、こうした隙間時間にノルマをこなさなければならないのだ。

誰も見ていないのをいいことに、帆香は大きく欠伸《あくび》をする。昨晩、またあの悪夢に悩まされたのだ。度々見ているせいか、怪物の姿がどんどん鮮明になっていく。なのに、決してその姿に慣れることはないのだ。

いけない。ぼやぼやしている場合ではない。手を動かさなければ。

カラフルな紙を、一枚一枚、糊《のり》で丁寧に貼り付けていく。灯りを点ければ、きっと透けた色が綺麗だろう。

「ねえ、また被害者が出たらしいよ！」

女子生徒が教室に入ってくるなり、そう叫んだ。自分のグループに飛び込んで、しかし教室のどこにいても聞こえる声で、喋り始めた。

「今度は二年の男子生徒だって。昨日の放課後、音楽室で倒れてたって！」

「えー、怖くない？」

「この学園大丈夫なの？　先生たち、何にも言わないけど」

「やっぱり魔法喰いの仕業なのかな」

瞬く間に、恐怖が伝染していく。

しかし帆香は話し相手もいないため、黙って作業を続けていた。

そこに、

「佐倉さん」

顔を上げると、目の前に優梨が立っていた。後ろにはいつもの取り巻きを連れている。いつも嫌悪感を隠そうとしないが、今日はいつにも増してひどい気がした。

「……何？　日野さん」

「もしかして、犯人、佐倉さんなんじゃないの？」

「…………え？」

あまりにも直球かつ衝撃的過ぎて、反応がかなり遅れた。しかも、今の問いに、どう答えるのが正解なのかもわからない。

「答えられないのは、図星だから？」

「……そんなわけないでしょ。突然そんなこと言われてびっくりしたからだよ」

自分でも思ったより低い声が出た。

だって、嫌がらせにもほどがある。どうせ何の根拠もなく、自分たちとは違うからと、あらぬ妄想をしているだけなのだ。帆香は冷静になろうとした。

「だってさ、いつも放課後いないじゃん。みんな文化祭の準備してるのに。昨日、音楽室に行ってたんじゃない？」

「バイトに行ってるだけだけど」

そんなことくらいで容疑者にされては、たまらない。だが、彼女たちの追撃は終わらない。今度は痛いところを突いてきたのだ。

「でも、おかしくない？　何で佐倉さん、失くし者なのに魔法が使えてるの？　他の生徒から奪ってるんじゃないの？」

「少なくとも、今回の事件が起こる前から、私は魔法を使ってたよね？」

冷静に言い返す。クラスには大勢生徒がいて、みんなこちらに注目し始めていた。視線こそ向けていないが、誰もが聞き耳を立てているのが感じられた。きっと、それが優梨たちの狙いなのだろう。帆香を貶《おとし》め、自分に賛同してもらいたいのだ。

「それだって、誰かから盗ったやつかもしんないじゃん。それでうまく使いこなせなくて、入学したばっかりのころ、ここで魔法暴走させてたじゃん」

「あれは誰かさんが足を引っかけたからでしょ！」

思わずカッとなってしまった。これでは、土俵に上がったのも同然である。しかしい加減、堪忍袋の緒が切れそうだった。

「えー、そんなひどいことする人いるぅ？」

優梨の後ろにいる女子が笑いながらしらばっくれる。

「私は確かに失くし者かもしれないけど、誰にも迷惑なんてかけてないし、魔力を奪うなんて卑怯《ひきょう》なことしてない」

「じゃあどうやって魔法使ってるの？」

「それは……、日野さんたちには関係ないでしょ？」

「ほら、言えないんじゃん」

優梨が鼻で笑った。顔を見たくなくて、彼女たちの足元に視線を落とす。怒りは増すが、ここで感情に任せて本当のことを言ってはいけない。そうすれば、千夜を巻き込むことになる。これ以上迷惑をかけたくなかった。

それなのに、

「借りてるんだろ」

何でまた助けるような真似をするんだろう。帆香は顔を上げる。千夜が座ったまま、身体をこちらに向けていた。

「え、一色君、どういうこと？」

まさか第三者が、それも千夜が入ってくるとは思わなかったのだろう。女子たちはあからさまに動揺していた。

「佐倉がどうやって魔法を使ってるかって話だろ？　借りられる場所があ——」

「別になんだっていいでしょ！　放っておいてよ！」

千夜が全て言ってしまう前に、帆香は大声を出してそれを遮った。それまで聞き耳を立てながらも普通を装っていたクラスメイトたちの視線が、自らに集中する。

「大した根拠もなく、私を犯人にして楽しかった？　失くし者にならなら、何言っても許されると思ってる？　でも残念ながら私は犯人じゃないし、あなたたちの探偵ごっこに付き合ってる暇もないの。わかったら席に戻りなさいよ！」

　せっかく大人しくしているのに、どうしてそっとしておいてくれないのか。そう思いながら、自分も席に着こうとした時だった。

「大した根拠もないって言うけど、私さー、佐倉さんと地元がいっしょだって、前に言ったじゃん？　それでこの前、うちの親に聞いたんだけど、佐倉さんの家って、魔法喰いと関わったことがあるらしいよ？」

　帆香は金縛りにあったように、動きを止めた。

「えっ、魔法喰いってまじで都市伝説じゃないの？」

「こわー……」

　クラスメイトのひそひそ声が聞こえるが、帆香はそれどころではない。

　魔法喰いと関わったことがある？

「当時は噂になったって言ってたよ。魔法喰いが出たって……、お母さんも、あんまり詳しくは知らないみたいだったけど」

　引くに引けなくなった優梨の作り話ではないのか。そんな話、聞いたことがない。そもそも、帆香の家では、魔法の話全てが禁止だったのだ。禁止では生温い。まさに禁忌だったのだから。

（それは、どうして……？）

どうして帆香に、一切魔法の話をせず、そしてさせなかったのか。祖母が魔法を毛嫌いしていたからだ。あれは堕落するものだからと。

帆香は急に、うすら寒さを感じた。

否定したいのに、そんなわけないと一笑してやりたいのに、声が出ない。まるで足を手に入れた代わりに、声を失った人魚みたいに。だが、何か言わないと、どんどん優梨の言葉に信憑性が増してしまう。

「佐倉さん、魔法喰いの血筋なんじゃないの？　それで私たちを油断させるために失くし者のふりして、他人から魔力奪ってるんじゃないの？　もしかして、あんたの母親も、そうやって流浪の魔法使いになったのかもよ？」

「っそんなわけないでしょ……！」

ようやく絞り出した声は、自分でも驚くほどか細かった。それでも母親を侮辱されるのだけは許せなかった。これほど頭が混乱していなかったら、帆香は優梨をひっぱたいていただろう。

そんなはずない。そんなはずはないのだ。だって帆香は、この事件となんの関わりもないのだから。誰の魔力も奪っていないことは、自分がいちばんよくわかっている。

「じゃあ、今ここで証明してよ。魔法喰いじゃないって！」

異端審問。帆香は、中世に盛んに行われたという、魔女裁判を思い出す。証明できないことを証明させようとする、悪夢の裁判だ。魔女であろうがなかろうが、裁判にかけられた瞬間、有罪になる。

「できないの？」

どこかヒステリックな声で、優梨が言った。帆香を貶めたい、皆の前で恥をかかせてやりたいという思惑を通り越して、自らが言ったことを信じて、怯えているみたいだった。そしてそれは、優梨だけではなかったのだ。実代を始めクラス中が、恐怖に満ちた目で帆香を見ていた。

多くの碧の目が、帆香を糾弾していた。

みんな怖がっている。次は自分が魔法喰いに襲われるのではないかと不安なのだ。だから疑心暗鬼になっている。だから異質な自分が疑われる。理解しているつもりだ。けれど、もう耐えられなかった。彼らが帆香を見て恐怖を覚えるように、帆香も彼らに視線を向けられて、身体が震えた。

ぎゅっとこぶしを握り、教室を飛び出す。

「あ、おいっ！」

誰かの呼び止める声が聞こえたが、足を止めなかった。止められなかった。

予鈴が鳴る。授業が始まってしまう。一度も欠席したことがないのに。頭の中の自分が文句を言ったが、とても授業に出られる状態ではなかった。ひたすら、人がいない方へ、いない方へと逃げるように走る。

廊下の向こうから誰かの声が聞こえて、慌てて入った教室は、生物室だった。授業がないらしく、分厚いカーテンが引かれ、暗い。けれど魔女だから見える。薬品に漬け込まれた爬虫類《はちゆうるい》、磔《はりつけ》にされた蝶《ちよう》、水槽を泳ぐ半透明の魚。

自分は何者なのだろうか。

夢の中の怪物が、笑ったような気がした。

おもむろにペンダントを外し、そばの机に置く。周囲が、暗くなっていく。水槽を泳ぐ魚が、見えなくなった。

亡霊鯉。これは、魔力を持つ者に群がり、噛みつく魚だという。

妙な静けさの中、帆香は水槽に近付く。そばにあった踏み台に乗り、上から覗き込んだ。白熱灯に照らされた水面が、てらてらと光っている。緩慢な動きで、何も入っていない水槽に、手を入れようとした。

その時、生物室の扉が開き、誰かが飛び込んで来た。

帆香が何をしようとしているか、その誰かは瞬時に理解したようだった。

「何してんだ！」

千夜の声。突然、腕を引かれ、帆香は踏み台から落ちそうになる。

「馬鹿！　危ないだろ！」

「離してよ！　私には見えないもん！　これで魔力なんて持ってないって証明できるんだからいいでしょ！」

怒鳴ったつもりだったのに、それは悲痛な叫び声になった。

「そんなので証明して、誰が信じるんだ。ただお前を悪者にしたい奴らの、誰が」

抵抗するが、力で勝てるはずもなかった。踏み台から落ちるようにして、水槽から引き剝がされる。

「………私が何したって言うの⁉　魔女になりたいだけなのに、何もしてないのに、失くし者だから……、異端だから、ここにいるのも、なりたいって言うのもだめなの？　私は、ただっ……」

全ての問題が、頭の中で反響して、ぐちゃぐちゃに混ざり合う。それまで我慢してきたものが、必死にせき止めていたものが、ついに決壊してしまった。現実を突きつけられても、嫌がらせをされても、疲れても、悪夢を見ても、自分が決めたことだからと、我慢していたのに。いつだって前向きでいたかったのに。

「佐倉……」

千夜が狼狽《うろた》えたように、名前を呼ぶ。

閉じた瞼の裏で涙の塊が膨れ上がり、一滴、零《こぼ》れる。みるみる、頰を滑っていく。そうして床に落ちたら、もうだめだった。両手で抑えきれないほどの涙が流れてくる。立っていられなくて、床に座り込んだ。

「わかってるよ！　借りた魔力なんかで魔女になれないことくらい！　わかってるよ！　わかってるもん！　けどどうして、ここにいる誰よりも魔女になりたいのに、どうして、どうにもできないのよぉっ……」

涙と共に、今まで心の中に抑え込んで蓋をしていた物たちまであふれ出てきた。

小さなころに見た夢を、今でも見続けるのはおかしいことだろうか。おかしいことかもしれない。もう現実を見て歩いている人だっている。それでも、どうしても諦められなかった。だから努力した。自分なりに、沢山の努力をしている。その結果、あまりにも残酷な現実として、努力ではどうにもならない世界があるのだと、知ってしまった。

突然、頭に布が被さった。揺らめく涙越しに見ると、布の正体はブレザーだった。千夜が被せてくれたらしい。

「……これじゃあ、本当にこれから連行される人じゃん」

「うるさいな。文句はそのぐしゃぐしゃの顔をどうにかしてから言え」

「ひどい……」

とは言ったものの、ブレザーは大きくて温かくて、すっぽりと自身を隠してくれた。それに甘えて、帆香は泣いた。この際、今まで溜《た》めていた分も全て流してしまおうと、小さな女の子のように、ひたすら泣き続けた。声をあげて。自分のことで精一杯で、ずっと泣いていたから、その間千夜がどうしているかはわからなかった。少なくとも、声をかけずにいてくれた。

持っていたタオル地のハンカチが絞れそうなくらい湿ったころ、ようやく涙は止まった。正確には、もう涙が残っていなかった。

何だかすっきりして顔を上げると、千夜の姿はなかった。あまりに泣くから、付き合いきれないと帰ってしまったのだろうか。

立ち上がる気力もなく、這うようにしてそばにあった椅子に座ったら、教室の扉が開けられた。身構えたが、入って来たのは千夜だった。千夜は電気を点けようとして、けれど今は授業中で、自分たちがサボりの身であることを思い出したらしく、代わりに、カーテンを細く開けた。それだけでも眩しいくらい、明るくなる。

「泣《な》き止《や》んでるな。これ、水分取った方がいいだろ。あと目、冷やしとけば」

差し出されたのはペットボトルの水だった。自販機まで買いに行ってくれていたらしい。

全部出し切ったと思っていた涙で、また視界が滲んだ。

「なっ、まだ泣くのか……」

「ちがっ……、今はほんの少しの優しさでも目に染みるのぉ……」

受け取ったペットボトルを、瞼に当てる。冷たくて気持ちがいい。

「……ブレザーありがとう」

「まだかけとけば」

「……うん。授業サボらせてごめんね」

また迷惑をかけてしまった。

「別に」

千夜が、帆香の向かいの席に座った。手には、ペンダントを持っていた。先ほど帆香が外した物だ。それをしばらく見つめて、静かに話し出す。

「……あの店にくるのって、他力本願な奴ばっかだと思ってたんだ。普段はあいつ……母さんのこと、野良だって差別するくせに、自分で努力することもしないで、困ったら便利な魔法具を貸してほしいって、泣きついてくるんだ」

入学当初、彼に同じことを言われた。他力本願だと。

「私、まだ根に持ってるからね……」

千夜の言いたいことは理解するが、それにしたってあれはひどかった。睨むと、千夜は思い当たる節があるのだろう、バツが悪そうに目を逸らした。

「嫌いなんだ。自分勝手に生きるあいつも、それを差別する奴らも、それに縋《すが》る奴らも、全部嫌いだ」

彼は母親を自分勝手だと言う。千夜の母親である双葉と、帆香の母親である舞は、恐らくよく似ている。魔法に対する熱意が。きっと舞も、千夜にしてみれば自分勝手に映るかもしれない。多分それは、間違っていなくて。帆香はそのことに、蓋をして、鍵をかけ続けてきたけれど。

必死にそれを、「自由」と呼んできたけれど。

「だから、あいつと違う道に……、独自の魔法なんかじゃなくて、俺は規格内の魔法を学んでた方が安心する。だからこの学園に入った。自分の生まれた場所が大嫌いだったから。でも、どうしようもないだろ？」

共感を求められて、帆香はこくりと頷いた。よくわかったからだ。

「……そうだね。どうしようもない」

生まれた場所も。魔法が使えないことも。

もしかしたら、自分たちが無力であることを、知ってしまう年頃なのかもしれない。何もわからないほど子供でもなくて、諦められるほど大人でもなくて。ただ突然、事故のように現実にぶつかっては、傷付いてしまう。

いつか、妥協できてしまうのだろうか。

「佐倉のことも、初めはあいつらと同じだと思った。魔女になりたいなんて言って、本当は興味本位で魔力借りて、珍しい学園生活が送りたいだけだと思ったんだ」

「ひどい……」

「…………悪かった」

千夜は持っていたペンダントを、帆香の前に置く。帆香はそれを受け取り、毎朝しているように、首から下げた。生物室のあらゆる物が、本来の姿を取り戻す。

「……ずっとずっと、お母さんに憧れてたの。いっしょに暮らしたこともないんだけど。でも会えば私のことを『小さな魔女さん』って抱き締めてくれて、おばあちゃんに隠れて、こっそり素敵な魔法を見せてくれて、魔法使いの在り方を教えてくれた。魔法は、誰かのために存在するんだって」

誰かを幸せにして、優しく見守るために存在する。誰かとは人間だけではなく、全てのものに対してだ。そう言った母の魔法は、本当に優しいものだった。乾いた草木にやわらかな雨を降らし、迷い猫を見知った道に帰し、娘には夢を与えた。母は今も旅をして、そういう素敵な魔女で在るのだ。

「私も、あんな風になりたい」

母は自分勝手ではあるかもしれないけれど、だからこそ帆香の誇りでもあった。どちらも間違っていない。ただ、できれば魔女になりたいと夢見る自分の糧になるように、誇りのままでいてほしい。会って抱き締めてほしいけど、帰って来なくていい。

授業終了を告げるチャイムが鳴った。

今日はこれで最後だったため、慌てる必要はなかった。が、もう少ししたらバイトに行かなくてはならない。それまでに、目の腫れは治まるだろうか。帆香はペットボトルをぐっと瞼に押し付けた。

「……ねえ、私じゃないって、信じてくれる？」

当初の問題。感情が爆発して問題がすり替わっていたが、そもそも、今回の事件の犯人扱いを受けて、こうなっているのだ。

「信じるもなにも、俺は魔力の出所を知ってるからな」

「うん。でも、私は少し怖い」

「……日野が言ってたこと、信じるのかよ？」

佐倉家から、魔法喰いが出たらしいという、あの噂だ。信じているわけではない。ただ、火がないところに煙は立たない。少なくとも優梨自身は、その噂話を母親から聞いて、信じているのだろう。そして彼女の母親も、煙を上げて燃える薪《まき》、つまり噂の元がなければ、そんな話はしないはずだ。優梨はともかく、母親が帆香にわざわざ罪を着せる理由はない。

「わかんない。私が失くし者なのは本当だけど、でも失くし者でも魔法喰いにはなれるかもしれない。現に、他人の魔力をうまく使いこなしてるわけだし」

千夜が顔をしかめる。

「物騒なこと言い出したな」

「嫌な夢を見るの」

「夢？」

帆香は、実技試験のあった日から見るようになった悪夢を、千夜に話して聞かせる。

夢が鮮明になっていること。怪物が帆香に笑いかけるようになったこと。そして、自分がその怪物になってしまうこと。

「夢を見るたびに、私の中にあの怪物がいるんじゃないかって気になってくるの。だから、私が何もしていなくても、知らない間に、あいつが勝手に誰かを襲ってるんじゃないかって、怖くなっちゃって……」

膝の上で、震える指を組む。

しかし、千夜はその恐怖を共有しようとはしなかった。

「あほらしい。佐倉が犯人だったとして、奪った魔力はどうなったんだよ。それで自分が助かったか？　レンタルした魔力なしで魔法が使えるようになった？　安心しろよ。その魔法具外してた時、お前の目は黒かったから」

「でも……」

言《い》い淀《よど》んだ帆香に苛立《いらだ》ったように、千夜が立ち上がった。そして、

「わかった。じゃあ今回の事件、俺たちで解決するぞ」

そう豪語したものだから、ぽかんと、帆香の口は半開きになってしまった。

「え、どうして？」

「真相がわかれば、その被害妄想もなくなるだろ」

「被害妄想って……」

しかし解決すれば、クラスメイトの疑いの目もなくなる。千夜の言う通り、自分自身の不安も。そうだ。元来自分は前向きなのだ。こんな陰気な場所で、下を向いてめそめそしているのは、性に合わない。

ポケットに入れっぱなしだった携帯が震える。見ると、クララと英美から連絡が入っていた。気付かなかったが、何度も送ってくれていたようだ。今頃心配して、捜しまわっているに違いない。

帆香は頷いて、立ち上がる。指の震えはなくなった。

「手伝ってくれるの？」

「だから、そう言ってるだろ」

千夜が怒ったように言った。

「……わかった。犯人が魔法喰いだろうが化け物だろうが、とっ捕まえて、私が犯人じゃないってこと、わからせてやるんだから」

そして、素敵な魔法学園ライフを取り戻すのだ。

3.

　ある日の放課後、帆香は、授業終わりの東海を、教室の外でつかまえることに成功した。魔法喰い事件について聞くためだ。恐らく、これまで多くの生徒から同じことを聞かれているのだろう、東海の返答は機械的で、嘆息混じりだった。

「あなたたちが心配する必要はありません」

「原因はわかっているんですか？」

　東海は困ったように眉を下げた。それが答えだった。

「……私たちが、ちゃんと調べていますから」

　つまり、確信できるような答えは見つかっていないのだ。それとも、言えないことがあるのだろうか。

「先生、みんなが噂している魔法喰いって、どういう存在なんですか？　というか、本当に存在していたんでしょうか」

「そうですね。昔、そういう事件を起こした魔法使いたちがいたのは事実です」

　帆香の心臓がちくりと痛んだ。千夜は一蹴してくれたが、帆香の憂いが完全に消えたわけではなかった。やはり一度、佐倉家のルーツを調べるべきかもしれない。しかし、どうすれば調べられるのか、帆香には見当も付かないのだった。今思えば、祖母の家族の話を、魔法に関すること以外でも、ほとんど聞かせてもらったことがなかった。実家に戻って何かないかと探したところで、祖母のことだ、徹底して処分してあるに決まっている。また、父親が話してくれるとも思えない。下手なことを言えば、学園を辞めるという話に発展しかねなかった。

「なぜ今はいなくなったんでしょう？」

「現代の魔法使いのレベルが、昔と比べると落ちているからでしょう。相手から魔法を奪えるような魔法使いは、それだけで強い力を持っているということですから」

私の母なら？　という質問を、帆香は呑み込んだ。東海が話を続ける。

「見合う力がないのに、魔力だけ欲しがっても、仕方がないんでしょうね。だから現代に魔法喰いは似合わないんです。それに魔法喰いがいたとしても、今回学園で起きている事件は、それらの仕業ではありません」

確信があるような言い方だ。

「どうしてですか？」

人気がないか、首を左右にやって、東海はまた帆香に向き直った。言うか言うまいか、迷っている様子だ。

「生徒の間に広がると、むやみに怯えてしまう人が出てしまうから……」

「わかってます。教えてください」

「……昔の、魔法喰いと定義される者たちに魔力を奪われた者はだいたい、悲惨な最期を迎えているんです。精神を病み、最悪の場合、死に至ります」

ひどい話だ。帆香は顔をしかめた。

「魔力がなくなると、魔法使いは死んでしまうんですか？」

「そうじゃないの。魔法使いから魔力を奪うために、魔法喰いたちは、彼らの持つ器を割ってしまうんです。つまり、今回のように、時間が経てば魔力が戻るわけではなく、一生魔法が使えなくなります。そうなると、どうやら私たちは廃人のようになってしまうらしくて……。だから今回の件は、あらゆる点から見て、魔法喰いの仕業ではないのです」

東海はそこで言葉を濁したが、言いたいことはわかった。魔法喰いの仕業であれば、死者が出ているということだろう。

「先生、器って、どこにあるんですか？」

「わかりません。それを探し出そうと、魔法使いを解剖したという事例も残っていますが、そういう器官は見つかっていないのです。器というのは、あくまで比喩で、魔法を使うのに想像力が必要なように、恐らく精神的なものなのでしょう」

けれど確実に、器を持つ者と、持たざる者がいる。帆香は胸に手をやった。

これで話は終わりだった。帆香は東海に礼を言うと、教室には戻らず、屋上に向かった。千夜と話すためだ。急いだのだが、扉を開けると、すでに千夜が待っていた。

「お待たせ」

「ん……」

屋上という場所は、帆香が提案した。もう屋上という季節ではないが、教室で喋るには、話題がよくなかった。それに、下手にふたりで話しているところを見つかれば、不本意な噂を助長させかねない。

千夜がポケットに手を突っ込みながら、眉間に皺を寄せていた。風が吹いているせいか、耳が少し赤い。だが、寒いことを差し引いても、今日は一段と機嫌が悪そうに見える。出会った当初のような、重い空気を纏《まと》っているのだ。まさか、協力するのが嫌になってしまったのだろうか。

「今、電話があった」

帆香が異変に気付いたことに気付いたのか、千夜は重々しく告げた。

「誰から……、双葉さん？」

彼の機嫌の悪さの原因は、自分ではなかったようだ。だが、まだ安心はできない。双葉がまた帆香に関係する無茶な要求を彼にしたのかもしれない。

しかし、電話の内容は、もっと厄介なことだった。

「どうも、今回学園内で起こってる事件について、あいつが関与してるんじゃないかって、学校側から疑われているらしいんだ」

「ええっ⁉　双葉さんが？　どうして？」

「野良だし、変なもんばっか作ってるからだろ。まだ魔法局に話がいったわけじゃないらしいけど、このまま事件が続けば、捕まるかもな」

魔法局というものが、魔法使いたちを束ねる、魔法社会の中心的な組織であることは聞いているが、そんなところまで関与してくる事態になり始めているのだろうか。しかしそれよりも、

「それって、万が一捕まったりしたら、私の魔法レンタルってどうなるのかな……？」

「まあ、営業停止だな」

「困るよ‼」

「そもそも野良の時点で、魔法局になんか営業許可取ってないぞ」

「違法だったの⁉」

「落ち着け」

言われた通り、落ち着こうと努力した。しかし困った状況が好転するわけでもない。

帆香の焦燥が伝わったのか、千夜もいつもより丁寧に説明してくれた。

「野良っていうのは、つまり簡単に言うと、監視対象にはなるけど、放っておかれるっ

てことなんだ。放っておかれるっていうのは、魔法社会で受けられる恩恵を剝奪されるって意味もある。ただ、諸々を恐れなければ、群れたくない奴らからしたらむしろ自由な生き方でもある。人間に魔法の存在を知らしめるとか、何かに危害を加えるとか、そういう度を越したことをしなければ、放っておかれるんだ。だから魔法レンタルも、今の状況のままなら心配しなくてもなくならない」

「でも、元々監視対象なら、双葉さんが関わってないってこともわかるんじゃないの？」

「でも、学園にいる息子なら比較的自由に動けるだろ？」

「まさか！」

千夜がため息を吐いた。

「佐倉に協力するって言ったけど、協力してもらわなきゃいけないのは、俺の方かもしれない。最近教師どもの視線がきつい。あいつの電話の内容は『私は潔白だから、お前が何とかしろ』だ」

彼はそう言うが、万が一双葉が捕まったら困るのは帆香も同じだ。まさか、こんな形で運命共同体になるとは思わなかった。

「だ、大丈夫！　私は千夜君が犯人じゃないっていうのはわかってるし！　だからきっと何とかなるよ！　がんばれば！」

「お前励ますの下手だな」

精一杯の励ましを無下にされ、ぐぬっと黙る。しかし下手な励ましでも一応効果はあったのか、千夜はいつもの冷静さを取り戻したようだった。

「はあ……、確かに焦っても仕方ない。今日の成果を報告するぞ。今のところ、被害者は四人。で、一応全員に話を聞いて来た」

「さすが、仕事が早いね」

大真面目に褒めたつもりだったのだが、睨まれた。帆香は口を尖《とが》らせ、言い訳する。

「私だって手伝いたいけど、私が聞きに行っても、失くし者だって絶対に嫌がられるし、千夜君が聞いた方がみんな素直に話してくれるよ。特に女子は」

「何だよそれ……。まあいいや。続けるけど、倒れた場所は、全員バラバラだな。体育館、音楽室、男子トイレ、階段の踊り場。性別も学年もバラバラ。時間は放課後が多いけど、これは……」

「放課後はひとりになりやすいってだけかもね」

千夜が頷く。

「そうじゃない時もあるからな。共通するのは、全員ひとりの時に倒れてるってこと。あと比較的、成績優秀な奴が多い気がする。あくまで主観だけどな、ずけずけ成績聞くわけにもいかないし」

「目撃者はいないんだね。本当にみんな、倒れた時のことは覚えてないの？」

「ああ。急に意識がなくなって、気付いた時には保健室のベッドだったってさ。ちなみに多少の差はあるけど、一週間くらいで魔力が戻ってるみたいだ。もう全員、普通に登校している」

情報が少なすぎる。

「身体的な実害はそんなにないんだよね？　まあ、一週間も魔法が使えないってだけで、実害だらけだけど。魔法実技の授業、受けれないし」

「いや、実害というか、何か他に心当たりはないか聞いてたら、意外な共通点を見つけたんだ」

「共通点？」

千夜は、帆香の目を見て、そのまま逸らすことなく、言葉を続けた。

「全員、倒れる前日に、悪夢を見たらしい」

「それは……、私がよく見る夢と同じもの……？」

「内容をはっきり覚えている奴はいなかった。ただ、怖い夢を見たっていう印象だけが残ってる。ぶっ倒れたことの方がよほど衝撃的だから、俺がしつこく前後を聞くまではみんな忘れてたみたいだ」

それは、どういうことだろう。帆香はまた自分が関わっているような気がしてきて、心臓が冷たくなる。しかし千夜は、そうは思わなかったようだ。

「つまり、佐倉の見る夢と同じだとすると、魔法喰いは関係なくて、あの旧校舎の化け物が関係してる可能性が高いな」

「やっぱり……、きっと、私も関係あるんだよね」

まるで名探偵さながら、顎に親指をあてながら、千夜が言う。

「もしかすると、佐倉は被害者なんじゃないか？」

「どういうこと？」

自分は今、鳩《はと》が豆鉄砲を食ったような顔をしているに違いない。

「期末の成績よかったろ？」

「……ずけずけ聞けないいんじゃなかったの？」

「佐倉も他の奴らみたいに、その化け物に狙われて悪夢を見た。けど何らかの理由で……多分失くし者だから、影響を受けなかった。何度も見る悪夢は、その後遺症って可能性もある」

目から鱗《うろこ》とはこのことだ。

「確かに、そういう考え方もできるね……」

その化け物が自分に何かしたかもしれないと聞くとゾッとするが、今回の場合、加害者よりは被害者の方がましだ。

「それで、そっちはどうだったんだ？」

帆香は先ほど東海とした話を、千夜に話して聞かせた。

クラスメイトから疑われる帆香が教師に話を聞き、教師たちから疑われる千夜が生徒に話を聞く。そこまで深く考えていなかったが、役割分担は完璧だったらしい。

「だから、魔法喰いじゃないって、先生たちは考えているみたい」

「まあ、いくらこんな特殊な学校でも、さすがに魔法喰いみたいな物騒な奴が紛れ込んでたら、教師だってもっと本腰入れて動くだろ。警察呼ぶわけにもいかないし」

「そういえば、魔法社会に警察ってないの？」

「爪はじきにされる野良魔女の息子が、魔法社会に詳しいわけないだろ」

「あっ、ごめん……」

失言だった。しかし本人は冗談だったらしく、肩をすくめてみせた。

「魔法社会も、思ったよりは近代的みたいだぜ。警察みたいな組織もある。でもさっき言った通り、まだ魔法局に話はいっていない」

「私たちは助かるけど、でも普通に考えたら、さっさと警察に行った方がよくない？」

「魔法学園の教師っていうのは、その辺の魔法使いよりも優秀なんだ。警察入れて大騒ぎするより、自分たちで穏便に済ませた方がいいだろ。あと……」

「何？」

「これが学園内だけの事件だとしたら、犯人は身内の可能性が高いからな」

最後のやつは、自身が疑われていることへの皮肉だろう。しかし彼の言う通りで、教師か生徒かはわからないが、犯人が関係者だとしたら、学園側も大事にしたくないだろう。本格的に事件とするなら、休校になってしまうかもしれない。

「……休校は困るね。いつ解決するかもわからない事件のせいで、魔法の勉強ができなくなるなんて……。とりあえず、図書館で、魔法喰いとか、あの怪物に関する記述があるかもしれないから、調べてみよっか。これから行ける？」

いつのまにか指先が冷たくなっていて、帆香は手をこすり合わせた。次作戦会議は、他の場所にした方がいいかもしれない。

「いいけど、佐倉、バイトは？」

「今日は休み。さすがに週七は無理だよ」

事件を本気で解決するなら、こちらを優先しなくては。それに夏休みにした蕎麦屋のバイト代と、九月のレンタル代が半額になったおかげで、今月は大分余裕がある。

しかしここで、帆香の携帯が鳴った。メールだ。

「うん？　あれ……、店長からだ」

急に誰か出られなくなったのだろうか。もしそうなら、申し訳ないが断らなくては。

けれど、メールを開いた帆香は、指先だけではなく、全身が凍ったように動かなくなってしまった。

「佐倉?」

千夜の声で我に返る。

「……………ごめん。今日やっぱり、バイト行かなくちゃ。図書館、今度でもいい?」

「別にいいけど……、どうした? 真っ青だぞ?」

「バイト先の先輩、この学園の生徒なんだけど、急に倒れたからバイト入れなくなったって……、もしかしたら……」

メールの内容は、待鳥が急に体調を崩して倒れたから、代わりに入ってもらえないか、というものだった。本当にただの体調不良かもしれないが、倒れたというのが気になる。

「まだわかんないだろ。どちらにせよ、今日は見舞いにだって行けないだろうし、バイト行ってやれよ。もし魔法喰い事件だったら、また改めて話を聞きに行けばいい」

へんに同調するでもなく、てきぱきと話をまとめてもらえるのは、ありがたかった。

魔力はしばらくすれば戻るというけれど、やはり心配なものは心配だ。倒れた際、打ち所が悪かったりする可能性だってあるのだ。

いつも世話になっている先輩が出られないというのなら、こういう時こそ恩返ししたい。帆香はもう一度千夜に謝ると、急いで屋上を後にした。

＊

「あれ、あんたバイトじゃないの？」

着替え終わったところで、英美に声をかけられた。帆香は自分の失態に気付く。このアーガイル柄のニットワンピースは着心地が楽でよく着ていたが、確かにバイトであればこれは選ばない。

「うん。ちょっと、図書館に……」

今日は土曜日。図書館前で千夜と落ち合うことになっている。屋上での会議以来、互いにバイトや課題、魔法祭の準備で忙しく、まとまった時間が取れなかったのだ。休日はバイトに出られる学生も多いため、逆に帆香は休みをもらうことができた。

やはり待鳥も、この事件の被害者だった。代わりにバイトに出た翌日、当の本人から、代わってもらって申し訳ないという旨のメールがきた。心配ではあったが、男子寮に見舞いに行くわけにもいかず、その後数回メールでやりとりするにとどまっている。いずれ、詳しく話を聞かなくては。

「ひとりで？」

英美の口元が、ニヤーと広がっていく。何を考えているか、見当はつく。

「そのつもりだけど？」

「そう。じゃあ暇だし、私もいっしょに行こうかなぁ」

「そ、それは……」

それは困る。いや、断じて英美が考えるような密会ではないが。

「あはは。帆香、嘘下手すぎでしょ。はいはい、そんな睨まないでよ。こっちは部屋でアニメ観てる方がいいから。ひとりで行ってらっしゃいな」

「あのね、英美が思ってるようなのじゃないから。絶対に」

「いいから、早く行きなって」

誤解なのだが、英美なら周囲に広めたりもしないだろう。言われた通り、寮を出る。

半ば駆け足で向かうと、ちょうど反対側から千夜が歩いてくるのが見えた。男子寮は校舎を挟んで反対側にあるのだ。今日はゆったりとしたグレーのトレーナーに、黒のスキニーパンツ姿。ふと、彼の方は、ルームメイトに何て言って出て来たのだろうかと、どうでもいいことが気になった。男子は女子みたいに、余計な詮索はしないのかもしれないが。

挨拶もそこそこ、ふたりは図書館に入る。

カウンターでは司書が本を読んでいた。休日の図書館は、一般の魔法使いもちらほら見かける。それでも図書館特有の、ゆったり流れる時間と静寂が損なわれることはない。

ふたりは図書館の一番奥にある机に、自分たちの席を確保した。

「探すっていっても、範囲が広いな。まとめられた、都合のいい本とかないのか」

千夜が言った。当然、図書館に相応《ふさわ》しい音量で。

「昨日、蔵書検索で調べたら、魔法喰いで何件かヒットしたよ。翻訳本が多いけど、とっかかりにはちょうどいいかも」

歴史コーナーにあるようなので、荷物を置いてそこに向かうと、先客がいた。学園指定のジャージを着た男子生徒が、真剣に本棚の背表紙を目で追っている。

「海景君？」

「あれっ、佐倉さん。それに千夜くんも」

そこにいたのは、海景だった。

「何だ。佐倉と知り合いなのか？」

「この前、僕が困っているところを助けてもらってね」

千夜が聞くと、海景はバツが悪そうに笑った。帆香も苦笑する。確かに、前回彼と会った時は大変だった。今日は式札を連れていないらしい。

「それよりも私は、ふたりが知り合いってことにびっくりしてるよ」

帆香が聞くと、海景は、頬を赤くして、やっぱり笑ったのだった。

「僕が困っているところを助けてもらってね……」

「こいつ、とんでもない方向音痴で、入学当初校舎で迷ってるところを保護したんだ」

「面目ない……」

何となく、憎めないタイプだ。顔を真っ赤にしている様子は無性に手を差し伸べたくなる。帆香は話題を変えた。

「ところで、何でジャージなの？」

「校舎にも用事があったから、ジャージにしただけだよ」

「用事？」

「うん。ちょっと画材を借りにね。僕、美術部だから。これなら汚れてもいいし、あと、服選ぶのめんどうだったたから。男子なんてそんなもんだよ」

「へえ。絵を描くんだ」

いつまでも続く世間話に、千夜が口を挟んだ。

「おい。さっさとこっちの用事も済ませるぞ」

「あっ、ごめん」

「用事？」

今度は海景が聞いた。千夜はそんな彼をしばらく眺めて、何か考えたことがあったのか、ここに来た目的を話した。上手い具合に、自分たちの微妙な立場については省かれていた。

「そんなわけで、魔法喰いについての文献を探してるんだ。海景、魔法書に関することなら学年一得意だろ？　いっしょに探してくれよ」

確かに彼は図書委員だったし、夏休み前におすすめの本を聞いたら、打てば響くように帆香が望んだ本を教えてくれた。おかげで、夏休みの読書は大変充実したのだ。

千夜もそれを知っていて、海景を強力な助《すけ》っ人《と》と考えたのだろう。

「犯人を見つけようなんて、すごいことを考えるね」

海景は目を丸くした。

「同じ学園の仲間が被害に遭ってるのに、のうのうと生活なんてできないだろ」

こんなに心のこもらない動機は初めて聞いた。帆香は隣で呆れる。千夜が棒読みなのは、海景も気付いた様子だが、断らなかった。

「ふたりにはお世話になったしね。僕にできることなら、喜んで手伝うよ。それに、僕も興味あるし」

海景は自分の胸を叩いた。すると胸ポケットから驚いたような顔の栗鼠が飛び出してきて、三人で追いかけまわすはめになった。司書には睨まれた。

「では、気を取り直して……」

海景が茹《ゆ》で蛸《だこ》のように顔を真っ赤にして、仕切り直す。帆香は内心ハラハラしていたが、そこからの海景は、打って変わって頼もしかった。魔法喰いに関する事件、幻想生物に関する記述、それらが起こした事件などが載った文献を、次々と運んでくる。みるみる、本の山ができあがった。

三人で、黙々と文献を漁る。時計の長針が一周した。

「あの怪物、蝙蝠みたいだったし、吸血鬼と関係ないかな。ほら、血を吸うか、魔力を食べるかの違いでしょ？」

帆香が思い付いたことを言うと、海景がすぐに反応した。

「西洋の幻想生物図鑑にいいのがあるよ。持ってこようか？」

「お願いします」

海景が席を立つと、帆香は思い切り伸びをした。首を動かすと、思ったより肩が固まっていたことに気付いてしまう。集中していると、つい同じ姿勢を保ちがちだ。

「何か見つかった？」

魔法具事典を見ていた千夜も顔を上げて、首を横に振った。

「いや。佐倉は？」

「うん。亡霊鯉みたいに、魔力に反応する生物はいくつかいるみたいだけど、旧校舎で見たようなのはいないかな」

「……やっぱりあれって、誰かが作り出したものなのかもな」

「目的は魔力を盗むためだとして、あんなものを作れる魔法使いなんているの？」

現代の魔法使いの力が衰退しているという話は、これまで何度も聞かされた。

「それを言うなら、現代の魔法使いで、ましてや学園内の奴で、『魔法を奪う』なんて魔法を使える奴はいないだろ。その点魔法具なら、今の魔法使いには無理でも、昔の奴らなら作れたかもしれない。実際倫理なんてなかった大昔は、結構えげつない魔法具も作られたみたいだからな。悪魔を召喚して魔法具に閉じ込めた魔法使いもいたみたいだし。あの化け物の腕、悪魔みたいだったろ？」

千夜はそう言って、自分が読んでいた分厚い本を、指でとんとんと叩いた。

「そうか。魔法具なら現存してる可能性があるもんね。双葉さんに見せてもらったコレクションの中にも……ごめん」

「いや、俺もそこから発想した。でもあいつが魔法具を試すなら、もっと狡猾《こうかつ》で証拠を残さない方法を選ぶと思う」

「自分のお母さんをそんな風に言っちゃだめだって……」

しかし魔法薬を試すために、あらゆる手段を使った双葉を思い出すと、強く擁護もできないのだった。

「魔法具なら、大体解除方法というか、退治方法みたいなものが存在する。俺は引き続きこっち方面で調べてみる」

そこに、海景が言った通りの本を持って来てくれた。

いつしか館内に、西陽が射し込みはじめた。司書がブラインドを下げている音だけが響く。

魔法喰いの事件に関して調べていた海景が、控えめに千夜の肩を揺すった。海景が指差した部分を読んでいた千夜の眉が顰《ひそ》められる。帆香は首を傾《かし》げて、自分も興味があることをアピールした。

「ここ……」

海景に本を渡され、そのページを読む。知らず、帆香の眉も、千夜と同じような形になった。顔を上げると、二人がこちらを見ていた。

「つまり、ハロウィンは魔法使いの力がいちばん強くなる日だから、魔法喰いによる事件もハロウィンに起こることが多かった……ってこと？」

帆香の要約は合っていたようだ。そのページには、ハロウィンの夜に魔法喰いが起こした、凄惨な事件の詳細が書かれていた。

「魔法喰いが関わっているかはともかく、この時期に事件が起こったのは、偶然じゃないかもな。犯人は、ハロウィンに大きく動くために、生徒から魔力を奪って力を溜めている可能性があるってことだ」

「ちなみにハロウィンまで、ちょうどあと十日だね」

海景が携帯の画面を横目に見つつ、付け加えた。

急に、時間がなくなってしまった。帆香はページを捲《めく》りながら、本当に自分たちの手に負える話だろうかと考え始めていた。もし仮に、有力な情報を見つけられたら、自分たちで解決しようとしないで、教師に言うのが正解なのだろう。

その時。ある記述に目が釘付《くぎづ》けになった。

（この魔法喰いの事件、犯人が失くし者だ……）

百二十年以上も昔の、とある田舎町で起こった事件だ。両親共に魔法使いだったが、ふたりの間に生まれた男子は失くし者だった。その男子は魔法使いたちから、ひどい迫害を受けて育ったらしい。そして、ある年のハロウィンの夜、町の魔法使いを三人食べ、魔法喰いになったという。ここでもやはりハロウィンだ。

しかし、器を持っていなくても、やはり魔法使いの血を持った失くし者は、魔力さえあれば、魔法が使えるものらしい。きっと彼も今の帆香のように、器の代わりになるものを見つけたのだろう。なぜなら、魔力を「食べる」という表現は比喩であり、実際は『強奪の魔法』という、今も昔も禁忌の魔法を使うのだから。

その魔法喰いの最期は、憐《あわ》れなものだった。自身の親によって殺害されたらしい。当時、魔法使いたちはまだ組織立っていなかった。そして人間の法では、魔法喰いは裁けないのだ。彼らが食べるのは魔力であって魔法使いではない。喰われた魔法使いはその後、衰弱して死んでいくため、人間から見ればただの病死に映るという。

それにしても気が滅入《めい》る話だ。

彼がやったことは許されることではないが、追い詰めたのは、他でもない魔法使いたちだ。きっと、ひどい差別を受けたのだろう。帆香は、過去に消えたこの失くし者を憐れんだ。

そして、考えずにはいられなかった。

（誰かを犠牲にすることで、自分が魔法使いになれるなら、私はその誰かを犠牲にしてしまうだろうか？）

いや、絶対にしない。頭がその疑問を提示した瞬間、心のような場所が即座に否定した。誰かを不幸にしてまで、魔女になりたいとは思えない。しかしそれは、その程度の覚悟とも言えるのだろうか。

（違う。覚悟の問題とかじゃなくて……、覚悟の問題ならむしろ……）

とにかく、そんなことは絶対にしない。ただそれでも、この失くし者の気持ちはわかってしまった。どうしようもない理《ことわり》を捻《ね》じ曲《ま》げたい気持ちは、方法が違えども同じだ。

帆香には、道を示してくれた者がいたというだけで。

（だけど、可能性は低いとしても、魔法使い以外が犯人って可能性も、あるってことよね？）

むしろ、魔力が欲しいという点では、普通の魔法使いよりも失くし者の方が切実かもしれない。もちろん、それが行える魔法具さえ手に入ればだが。しかし、そんなものが簡単に手に入るだろうか。魔法使いでない者など、特に。

以前双葉が、人間のほとんどが魔法具を使いこなせないと言っていた。しかし裏を返せば、使いこなしさえすれば、人間にも貸すということだ。そして魔法具は使う人間によるとも言っていた。もし双葉にその気はなくても、貸した者が悪用したら？

だがそれなら、双葉は自身の立場が悪くなった時点で、はっきり千夜に対象の人物の名を伝えるだろう。何とかしろ、なんて曖昧な言い方はしないはずだ。

（じゃあ、どこで？　どうやって……？）

その時、帆香の頭の中で、とても嫌な考えが浮かんだ。振り払おうと慌ててページを捲り文章を追おうとするが、脳内では、どんどんその思考を補完するようなことが思い出され、とうとう強烈な疑惑となって居座ってしまった。

（私が、どうにかしなくちゃいけないかもしれない……）

帆香は、海景のポケットの中に収まっている式札を見つめた。

「帆香さん？　どうかした？」

見られていることに気付いた海景が、不思議そうに問いかけた。

「…………、ううん。何でもないよ」

まだ、まとまっていない。証拠が必要だ。慎重に。それにまず、確認しなければ。

結局、閉館時刻に司書に追い出されるまで、三人で話し込んでいた。図書館の前で千夜たちと別れて寮に戻ると、部屋には英美の他に、クララもいた。

「あ、帆香ちゃん、おかえりー」

「ふたりとも、何してたの？」

聞いたが、愚問だった。炬燵の上に無造作に置かれているクッキーやポテチといった菓子類を見て、帆香は無意識に腹部に手をやった。いけない。もうすぐ夕飯だ。今間食するのはよくない。鉄のように思われた固い意志はしかし、手を洗って炬燵に入るころには、豆腐くらいにまでやわらかくなっていた。

英美が帆香の分のお茶を注いでくれた。炬燵布団は、十月から復活していた。まだ電源は入れていないが、布団を膝にかけるだけで、結構暖かいのだ。

「遅かったじゃん。楽しかった？」

ニコニコしている英美を無視して、クッキーに手を伸ばす。チョコチップが入ったクッキーはサクサクしていておいしいが、炬燵布団に零さないよう気をつけなくてはならないのが難点だ。

事情を知らないクララは、ひとり無邪気に笑っている。

「聞いて聞いて帆香ちゃん。すごいんだよ。英美ちゃん、魔法祭の、かがり火を点ける係やるんだって」

「えっ、すごいね」

無視していたことは、ころっと忘れた。

魔法祭のメインイベントとも呼べるかがり火の点火役は、各学年から一人ずつ、計三人選ばれる。一学期の空泳の成績が、トップだった者たちだ。なぜ空泳の成績が重要かといえば、空から火を点けるためだ。

「一年生だから、私は下の方を飛ぶだけだよ」

英美が拗ねるような口調で言った。照れ臭いのだろう。

「十分すごいよ。学年でいちばんだなんて。そういえば英美は、すごく安定して綺麗に飛ぶもんね。楽しみにしてるね」

「うん、ありがと。がんばる」

「楽しみだねー、魔法祭」

クララの言葉に頷こうとして、しかし図書館での出来事を思い出す。ズンと肩に重石《おもし》が乗った気分になってしまった。あの記述通りだとすると、魔法祭までに決着をつけなければならないのだ。

楽しい空気を壊さないように目を瞑り、ごくんと、ため息を吞み込んだ。

すると突然、何かが帆香の眉間をぐりぐりと押した。驚き、倒れるように身を引きつつ目を開けると、隣にいたクララが、こちらに人差し指を伸ばしていた。そのまま膝を引きずり、身体ごと近付いてくる。

「帆香ちゃん、手、出して」

「こう？」

片手を出すと、もう片方もと言われたので、両手をお椀《わん》のようにして差し出した。そこに、何か小さい物たちがパラパラと降ってきた。

「……星？」

それはカラフルな紙で折られた、桜貝くらいの大きさの、小さな小さな星たちだった。ぷっくりとしていて、手を動かすと、ころころと転がる。紙で出来た金平糖みたいだ。

「帆香ちゃんに小さな幸せがいっぱい来ますように！」

具体的な経緯を求めて、手元から目を離し、英美の方を向く。

「それ、ラッキースターっていう御守《おまも》りなんだって。細長く切った紙で作るんだけど、その星の一粒一粒が、幸せを運んでくれるらしいよ」

「……ふたりとも、もしかして今日、ずっとこれ折ってたの？」

両手から溢れそうなほどの、星。

クララが零れた星を拾って、帆香の手に載せ直す。

「帆香ちゃん、またがんばっちゃってるから、今度はかわいい物見せてあげようと思って。ね、これかわいいでしょ？」

「『英美ちゃん手伝って！』って、クララがいきなり折り紙持って来た時は追い返そうかと思ったけど、話聞いてたらおもしろそうだったから手伝ったの。ちょうど帆香もいなかったしね。正直に言うけど、歪《いびつ》なやつが私で、綺麗なのがクララ作ね」

「帆香ちゃんいつもわたしの話聞いてくれるから、たまには帆香ちゃんが聞いてほしいこと、話してくれていいんだよ」

「優梨たちに言われたこと、どうせまだ気にしてるんでしょ。あんなに毎日がんばってバイト行って、自分の力で魔法を使ってるのに。他人から魔力奪うなんてこと、帆香がするわけないのにね」

ふたりが話しかけてきている間、帆香はただただ星たちを見下ろしていた。

そして、生憎《あいにく》両手が塞がっていたから、零れた涙を拭うことができなかったのだ。星を濡らさないように、前を向く。ふたりが自分を優しく見ていて。

「だからっ、優しさが目に染みるんだってばぁ……」

ついこの間まで、あんなに我慢していたのに、最近はよく泣いてしまう。

気を利かせた英美が、星を預かってくれた。ティッシュに手を伸ばす。鼻をかむ。帆香が号泣していても、泣かせた張本人たちは、気にせず会話を続けている。

「そういえば、これ一個でどれくらいの幸せがくるわけ？」

「うーん、クッキー一枚分かなあ」

「ほのかー、さっき食べたあれで、星一個消化したことになるって」

「星もクッキーも、まだまだ沢山あるから大丈夫だよ」

「クッキー一枚程度で消化されるなら、大目に見積もっても一週間で終わりそうな気がするけど……」

「英美ちゃん、クッキーで得られる幸せは計り知れないんだよ……」

間の抜けた会話に、ついに帆香は泣くのをやめて笑いだした。あまりにおかしいから、今度は笑い過ぎて涙が滲む。

笑い過ぎて苦しいはずなのに、ずいぶん呼吸がしやすくなったなと思った。

4.

結局、帆香が待鳥と話ができたのは、彼が被害に遭ってから一週間後の、彼の魔力がほとんど回復してからだった。話を聞きたかったし、見舞いに行きたかったのだが、やはり男子寮を訪ねる勇気は、なかったのである。

今日は十月二十四日。ちょうど来週は三十一日で魔法祭、つまりハロウィンだ。

「もう出て来ても平気なんですか？」

待鳥がバイトに戻って来た日、さっそくシフトが被った。

「うん。心配かけてごめんね。数日間は一応様子を見なくちゃとかで、寮に閉じ込められていたけど、倒れた翌日には、元気だったんだよ」

本人はそう言うが、彼が持つ綺麗なアイスグリーンの瞳は、まだ少し濁っているような気がした。

「今日は私がばりばり働きますので、先輩は無理しないでくださいね！」

帆香はこぶしを上げて、やる気を見せる。

「わぁ、頼もしいね」

「任せてください！」

その言葉の通り、帆香はその日、てきぱきと仕事をこなした。バイトを始めてから半年が過ぎた。つまり、学園生活も半年が過ぎていることになる。いまだに誰もが驚くような魔法は使えないが、少しずつできることが増えてきたし、それにやっぱり帆香は、魔法が学べて、幸せなのだった。

時間も遅くなり、客がまばらになったところで、ゆるりと閉店の準備を始める。相変わらず物が多い店だが、片付けも慣れたものだ。途中で戻って来た店長も手伝って、二十二時を少し過ぎたころには、帰る用意ができていた。

「お疲れさまでしたー」

店長に挨拶をして、待鳥とふたり、外に出る。明確な寒さが肌を撫でた。日が落ちると、冬が来たなと思う。薄手のコートを着てきてよかった。田舎だから辺りはすっかり暗くて、自転車のライトが頼りだ。

「私、今回の事件が気になってて。先輩が倒れた時のこと、聞いてもいいですか？」

本来これは千夜の役割だが、待鳥は帆香が聞くことになっていた。

特に理由を尋ねることなく、待鳥がいいよと答える。

「先輩はどこで倒れたんですか？」

「ハーブ園だよ。薬草学で使うハーブを摘みに行ってたんだ。管理人が見つけてくれたらしくて、目が覚めたら保健室だった。すぐ発見されてよかったよ。夕方の屋外で倒れっぱなしだったら、風邪を引いてただろうからね」

「やっぱり先輩も倒れた時、何も見なかったんですか？」

思い出そうとしているのか、一拍の間があった。

「……そう、だなあ。先生たちにも聞かれたけど、突然意識が遠のくというか、眠るような感じ、かな？　痛いとか、何か衝撃を感じたとかもないね」

やはり、目新しい情報は得られない。

「何も感じない方が、かえって怖い気がします……」

「帆香ちゃんも、気を付けるんだよ」

そんな話をしていたら、上り坂になって、ふたりは無言で自転車を漕《こ》いだ。次に口を開いたのは、上りきってからだ。

「ふう……、やっぱりきついですね、この坂」

「でも途中で降りずに上れるようになったじゃない。えらいえらい」

余裕を見せる待鳥も、やはり息は上がっている。

校門脇の駐輪場に自転車を置き、それぞれの寮に戻ろうとした、その時。

暗闇から突然、何かが飛び出して来た。それはどうやら小さな生き物で、帆香の足首を摑んだかと思うと、瞬く間に駆け上がった。

「わっ、なに……⁉」

「帆香ちゃん、どうしたの？　大丈夫？」

生き物は、帆香の首に摑みかかり、

「あっ、それ私のっ……！」

あろうことか、帆香の首にかかっていた紐を食い千切り、ペンダントを奪ったのだ。

反射的に取り戻そうと胸元を押さえるが、一歩遅かった。その生き物はペンダントを咥《くわ》え、帆香の肩から滑空するように飛び降りると、逃げ出した。

「ちょっと、返して！　待ちなさい！」

帆香は走り出した。背後で待鳥が呼ぶ声が聞こえたが、立ち止まっている場合ではない。立ち止まったら見失ってしまう。

　無我夢中で追いかけたが、生き物は扉の隙間に入り込んでしまった。全速力で走っていた帆香は、勢い余ってその扉に体当たりしてしまう。衝撃で扉が閉じた。しばらく立ち止まっていると、待鳥が追いかけて来た。

「帆香ちゃん、大丈夫？　ここは……、旧校舎？」

　彼の言う通り、その生き物が入っていったのは、旧校舎だった。帆香は自分で閉じてしまった扉の把手を掴む。

「鍵、開いてる……」

　待鳥は怪訝な顔をした。当然だ。普段なら鍵がかかっているはずなのだから。しかし彼の表情の原因は、帆香にもあったようだ。

「帆香ちゃん、目が……」

　碧じゃないと言いたいのだろう。

「私、ペンダントから魔力をもらってたんです。あれがなくなったら、私、魔法、使えないんです……」

　どうしようと、心許なげに呟く。

「あの生き物は何なんだろう」

「……わかりません」

「鍵は開いてるんだよね？　もしかしたら中に落ちてるかも。俺もいっしょに探そう」

帆香は待鳥を見上げた。無意識に、胸元を押さえる。不安で仕方なかった。

「すみません……、お願いします」

ふたりで中に入る。待鳥が歩き出そうとするのを、帆香が止めた。

「ここ、蔦のせいで、魔法使いと普通の人間では、見え方が違うみたいなんです。それに私、今、夜目が利かなくて」

「そうなんだ。どうすればいいんだろう？」

「手を繋いでもいいですか？」

待鳥は少し驚いたようで、しかしすぐに帆香を安心させるように微笑んだ。

「もちろん。逆に見える視点が違った方が、探し物も見つかるかもしれない」

「すみません」

「謝らないで。あっ、俺、ペンライト持ってるよ。君はこれで足元を照らすといい」

待鳥は鞄からライトを取り出すと、帆香に貸してくれた。

ふたりは手を繋いで歩き出した。帆香は躓かないよう、足元を照らしながら歩く。

帆香は力なく、待鳥に手を引かれるようにして歩いた。不安は積み重なっていく。

どれくらい探しただろうか。二階に行ってみたり、色んな扉を開けてみたり。けれど依然として、探し物は見つからない。

「先輩……、ごめんなさい。やっぱり、もう大丈夫です」

「えっ、でも、それがないと、明日から困るんでしょ？」

「はい。だから明るくなったら、また探してみます」

「でも……」

言い淀む待鳥に、けれど帆香はかえってほっとしたように、元来た道を引き返そうとした。それを、待鳥が阻んだ。

ふたりは手を繋いだままで、彼は歩き出そうとしなかったからだ。

「先輩？」

待鳥は一歩帆香に近付くと、繋いでいない方の手で、帆香の長い髪に触れた。ずっと前に、同じことをされた気がする。

「どうしてだろう……、君は魔力を持っていないはずなのに……」

「……待鳥先輩？」

「持っていないはずなのに、どうしてか、すごくいい匂いがするんだ。いい匂いがするって、言うんだ。我慢できないって。俺、さっき気を付けてって忠告したよね？　なのに君は、用心もしないで、よりによってこの場所に……」

様子がおかしい。帆香は逃げるように一歩、後ろに下がった。優しかった先輩の表情が、歪《ゆが》んだような気がしたからだ。

そして気付いた。

「この場所……」

来たことがある。五月の実技試験の日だ。階段を上った先の、広い空間。あの日、この暗闇の中にいたのだ、怪物が。今回もまた、どこかに潜んでいるかと思うと、気が気ではなかった。

「来たことがある？　招かれたんだ。あいつは、君に惹《ひ》かれているようだから」

「あいつって……、あの化け物のことですか？」

「化け物……、そうだね、見た目はけっこうひどいかもな」

「………先輩が、今回の事件を起こした、犯人なんですか？」

お願い。違うって言って。帆香の願いも空しく、待鳥は困ったように笑っただけだった。そしてそれは、肯定だったのだ。

帆香は泣きたかった。それでも手は繋がれたまま。そんなに強く握られていないはずなのに、どうしてだか、振りほどくことができなかった。自分に振りほどく気がないせいかもしれない。不安は、純粋な悲しみになった。純粋だと信じたかった優しさが、そうではなくなってしまったからだ。

「やっぱり先輩も、私と同じなんですか……」

相手は、少し驚いたようだった。

「どうして？」

「……多くの魔法使いは、昔からハーブや薬草に精通してきたといいます。日常的に、当たり前のように使うんです。先輩、よく新メニュー作ってたじゃないですか。店には、そういった類の物が大量に置いてありました。でも先輩は、ほとんど手を触れなかったですよね？」

　帆香自身もそういった習慣がなかったため、最初は気にしていなかったのだが。英美に教えてもらってから、少しだけ、違和感を覚えていた。

「言われてみれば、確かに。でも、それだけだと不十分じゃない？」

　そうだ。それくらいなら、どうとでも理由が付けられる。

「小湊さんに確認しました」

　学園に入学したいと直談判に行った時。小湊が学園長に言っていたのを思い出したのだ。「今年は間違えていない」と。つまり去年も、入学許可証が届かなかった生徒がいたということになる。学園側は手違いとしたようだが、もしそれが手違いではなかったら？　何らかの方法で魔力を手にし、自分は魔法使いであると、名乗り出ていたとしたら？

「去年、入学許可証が届かなかった生徒の名前を、確認したら……」

「俺の名前を言ったんだね？」

「……はい」

尋ねた際、小湊には渋い顔をされたが、しつこく尋ねると教えてくれた。彼の母親は人間で、彼自身も魔法使い名簿に登録されていなかった。しかし、彼は実際に魔法を使ってみせた。片方の親が魔法使いの場合、ごく稀にではあるが、器を持つ者が生まれる。そのため学園側も怪しまなかったのだろう。

「うん。俺は君よりひどい。失くし者でさえないんだから。俺は普通の人間だ」

「他にも調べました。去年、ここで行方不明になった生徒のペアの相手が、やっぱり先輩だったと聞きました」

待鳥は感心したように何度も頷いた。

「用意周到だなあ。徒労とはいえ、冤罪《えんざい》にならないように、そこまでしてくれたなんてうれしいよ。つまり、俺をここに連れて来たのはわざとだったか。さっきの生き物、見たことないけど、何？」

「式札です。友人に貸してもらいました」

海景にお願いしたのだ。図書館で式札を見た時に、今回の計画が頭に浮かんだ。待鳥に疑いを抱かせず、ここに導くための芝居が。

疑ってはいた。だが疑いたくはなかった。その狭間《はざま》で揺れながらも、帆香は現実的に考える。この場所以外で問いかけても、きっとはぐらかされてしまうだろう、と。だから怪物がいる旧校舎まで誘導した。彼の本性を確かめるために。

「いいね。帆香ちゃんには仲間がいるんだ」

バイトをしている時と変わらない、優しい口調。混乱しそうだ。

「……どうして、被害者のふりなんてしたんですか？」

「教師たちに疑われたからだよ。彼らも馬鹿じゃない。だけど被害者になれば、そしてそれを完璧に演じれば、ひとまず疑いの目は薄まる。薄めるだけでよかったんだ。来週まで待ってもらえればいいだけだから」

来週はハロウィン。やはりその日に、何か行動を起こそうとしていたようだ。

「何をする気なんですか……？」

「愚問だよ、帆香ちゃん。彼らから魔力を奪って、俺が本物の魔法使いになるんだ。君なら俺の気持ちがわかるだろ？」

すぐには答えられなかった。

「……わかりません」

「わかるはずだ。だけど、君ばかり質問するのはフェアじゃないね。俺も質問していいかな？　どうしてわざわざ、敵地に乗り込むような真似したの？　まさか自分は失くし者だから大丈夫って思ってる？　俺が無事に帰すとでも？」

自分でも愚かだと思う。彼を疑った時点で、誰か力のある者に相談すればいいと、わかっていたのだ。彼が言った通り、教師たちも疑っていたのなら、帆香が動く必要さえなかったかもしれない。

けれど、

「先輩を、説得したかったからです」

ここまで導いて、もし彼が今回の事件の犯人だと確信したら。どれだけ証拠を集めても、帆香にとって待鳥は優しい先輩で、ここまでしないと信じられなかった。

「説得？」

「はい。こんなこと止めましょう。私が今、魔力を借りているお店を、先輩に紹介します。だからそこで魔力をレンタルして、それで学園に通いましょう。今まで通りいっしょにバイトすれば払えます。誰かから奪うなんてだめです」

きっと、待鳥が帆香に優しかったのは、失くし者だったから。同じような境遇に同情しただけなのだ。けれど、純粋な優しさではなかったとしても、魔法使いたちからひどい扱いを受けていた時、それは確かに帆香を救った。

だから、手を差し伸べたかった。傷の舐め合《な》《あ》いだとしても。

「君がそう言ってくれるのはうれしいよ。だけど愚かな提案だと思う。それだと俺は本物になれない。偽物のままだ。それじゃ決して満たされない。別に俺は、彼らに差別されてきたわけじゃないんだ。恨んでもいない。むしろ尊敬してる」

夜は更けていく。けれどここには、時間を気にする者などいなかった。ただ帆香は寒くて、空いている方の腕を自身の身体に巻き付けた。ペンライトは明後日《あさって》の方向を向いて、どこでもない場所を照らした。

「俺の両親はね、父親が魔法使いで、母親は人間だった。だからほとんどの場合でそうであるように、俺も普通の人間だった。でも父親に、親父《おやじ》の持つ力に憧れていた。その内、両親は価値観の違いで離婚、俺は母親に連れて行かれた。そこで、普通の人間として育てられた。当然だ、普通の人間だからね」

また、待鳥の顔が自嘲するように歪む。彼は話し続ける。

「だけど、そんなひどいことがあるか？　魔法の素晴らしさを知っているのに、俺は魔法使いなのに、つまらない人間として生きるなんて。とても耐えられない」

「……先輩は、どうやって魔法を使えるようになったんですか？」

「魔法使いの町があると知って、よくここまで来ていたんだ。そしてある日、あの喫茶店に入った」

「やっぱり、パンドラにあったんですね」

そう。双葉の店でなければ、どこに魔法具があるのか。そう考えた時、真っ先にあの喫茶店が思い浮かんだ。あらゆる物を集めるのが趣味で、しかし手に入れてからはあまり頓着しない店長がいる、あのパンドラだ。

「あそこ、ごちゃごちゃと置かれた物のほとんどはガラクタだけど、中にひとつ、いい物があったんだ。そいつは俺が来るのを待ちわびていて、それが運命だとでも言うように、笑いかけてきた。あそこからひとつくらい持ち出してもばれっこないだろ？　だから持って帰った」

「無断で？」

帆香は驚いて、思わず口を挟んだ。

「素直に頼んで、もらえるわけないでしょ。それに今、罪滅ぼしのつもりで働いてるし」

「……その魔法具？　は、どういう物なんですか？」

「見た目は大した物じゃないよ。宝石の付いた指輪でも、魔法のランプでもない」

待鳥が取り出したのは、片手に収まるくらいの、小さな瓶だった。元は透明だったようだが、古い物なのか今はくすんで、虹が宿ったような不思議な色合いをしている。コルクで栓がされていた。元は酒を入れる瓶か何かだろうか。

「ただの銀化瓶だ。でも中にはあいつがいた。悪魔か精霊か、はたまた誰かの作り出したものかわからないけど。俺は『夢渡り』と呼んでる」

質問に、彼は何でも答えた。帆香が逃げられないと思っているのだろう。

「そんな得体の知れないものを……」

「運命だって言ったろ？　使い方はわかっていた。あいつはその名の通り人の夢を渡り、影に取り憑《と つ》くんだ。そして器の在《あ》り処《か》を探し、見つけ、宿主がひとりきりになったところを見計らって、相手から魔力を吸い取る。やつが吸い取った魔力は、この瓶に入り込む。主と認められた俺は、それが使える」

「だから他の生徒から、奪ったんですか？」

怒りを孕《はら》んだ質問に、待鳥は少し不快感を示した。困ったように眉を寄せる。

「俺だって、初めはそんなつもりじゃなかったよ。銀化瓶を開けた時、魔力が残っていた。最初はそれで十分だと思ったよ。でもすぐに、瓶の中の魔力は少なくなった。実技試験の時は、ほとんど事故だったんだ。ここは植物園だろ？　相方が試験中、過《あやま》って睡眠効果のある花粉を吸って眠ってしまってね。そしたら、瓶の中から、あいつが出てきたんだ。でも勝手に動いてくれる奴で助かったよ。俺は全く動かないから、疑われたとしても、中々証拠は摑めないし」

どこかで何かが動いたような気配があった。

「私からも、奪おうとした……」

悪夢を見たのは、帆香のせいではなかった。千夜の言った通り、奴が何度も帆香の夢に侵入していたのだ。きっと自分で見た悪夢も、混じってはいたのだろうけれど。

するとこ今度こそ、待鳥は戸惑った。

「俺は、君から奪うつもりはなかった。失くし者だし。だけど、どうしてだか君が欲しくてたまらないんだ」

日常の中で聞けば頬を赤らめるような甘い言葉だったが、今は身体中に悪寒が走っただけだった。嫌な予感がした。そろそろ、終わりにしなくては。

「先輩、やめましょう。私たちは魔法使いにはなれないんです。なれないんですよ」

その言葉は、自分自身の胸も抉《えぐ》ったけれど。

「なれるよ。俺にはわかる」

「なれません。誰かの魔力を奪ってなれるのは、魔法使いではなく、魔法喰いです」

アイスグリーンの瞳を見返して、きっぱりと言い放つ。

「……君ならわかってくれると思ったんだけどな。帆香ちゃんだって、俺と同じ物を手に入れたら、きっと同じことをするよ」

「しません。それは私のなりたいものじゃないからです」

「魔女になりたいんだろう？」

待鳥が言う。

冷たい彼の手を見つめ、強く強く握る。伝われと願いながら。

「なりたいです。でも私が想《おも》う魔女は、誰かから奪ったり、誰かを傷付けたりする存在じゃありません。誰かに幸せを、優しさを与える存在なんです」

こんな暗く冷たい夜じゃなくて、星の降るような夜を飛びたい。見知らぬ誰かの心をほのかに温め、欲しい言葉をあげられるようになりたい。

昔、それを教えてくれた人がいた。今、それを支えてくれる友人たちがいる。

「私がなりたいのは、そういう魔女なんです。誰かを傷付けてしまったら、私の夢は夢じゃなくなる。先輩だってきっとそうです。きっと、きっと後悔します」

お願い、握り返して。伝わって。禁忌を侵した先は、きっと空虚だ。どこにも、何もない。思いとどまってほしい。お願いだから。

手が、ゆっくりと握り返される。

わかってもらえたのだろうか。帆香はおもむろに顔を上げ、そして絶望した。待鳥の瞳は、全く変わっていなかった。

「人生はそんなに甘いものじゃないんだよ。欲しい物は、自分で手に入れなくちゃ」

「先輩！　今までは偶然怪我人が出なかっただけですよ！　大量の魔力を奪えば、最悪な結果になってしまうかもしれません！」

すると待鳥は、笑いながら腕を引いて、自らの濁った瞳を示した。

「馬鹿だな帆香ちゃん、最悪な結果にしようとしてるんだよ。だって、器ごと奪わないといけないからね」

ああ、本気なのだ。帆香はようやく理解する。

悲しみを含んだまま、待鳥を睨みつけた。

「離してください……！」

「君が握ってきたんじゃないか。それに、帰すわけないだろ？　無力な女の子である君は、ここで行方不明になるんだ。万聖節まで」

「先輩が受け入れてくれないなら、私はもう先輩を守ることはできませんよ」

「自己満足の正義を押し付けられてもね……」

待鳥が動こうとした瞬間、帆香は握られた方の手に力を込めた。

「つっ……！」

痛みに顔をしかめながら、待鳥が慌てて手を離した。帆香の手のひらから、青い炎が燃え上がった。

「どうして、君、魔法が使えないはずじゃ……！」

「私もそのつもりだったんですが、友人からNGを出されまして。盗られたペンダントは、偽物です」

失くし者として対等に待鳥を説得するつもりだった帆香を止めたのは、千夜だった。最初は、ひとりで行くことに関しても、危険だと大反対されたのだ。しかし帆香は頑なに、ひとりで説得すると言った。失くし者の自分なら彼に寄り添えると、傲慢にも信じたのだ。結局、千夜が正しかった。叶わなかったのだから。

「だけど、碧の目をしていない」

「これはただのカラーコンタクトです。旧校舎の前で先輩を待っている間に、付けておきました。すんなり装着できるようになるまで、練習しておいたんです」

「結局、君は俺を助けたいと言いながら、信じてはいなかったんだね」

「それが正しかったのが、残念で仕方ありませんが」

コートの裾から、杖を取り出し、待鳥に向かって構える。

驚きが消えると、待鳥は笑いだした。嘲るような声だった。優しい先輩の偶像が、その音で壊れたような気がして、切なくなる。

「その杖をどうするの？　多少魔法が使えたところで、逃げられるとでも？」

「無理でしょうか？」

「無理だと思うよ。さっき言い忘れたけど、夢渡りのやつ、瓶の中だと窮屈だったらしくてね。ここに巣を作ったんだ。この巣は、内側から招かれた者しかたどり着くことができない。出ることもね。普通に考えて、仲間がいる君とのんびりお話しするわけないだろ？　俺も馬鹿じゃない」

さっきも彼は、帆香が招かれたと言っていた。実技試験の時、帆香たちのグループだけが夢渡りを見たのは、そのせいだったらしい。

帆香はコートのポケットから、ある物を取り出した。待鳥は身構えたが、それを見て、勝ち誇ったようにまた笑った。

「そんなんじゃ、巣とか関係なく絶対無理だ。こんな真夜中の学園の隅っこでそんな玩具鳴らしたって、誰がその音を聞くの？」

それは、実技試験の時に、迷ったら鳴らすように言われていた、防犯ブザーだった。

このためにひとつ拝借してきたのだ。

「これがいちばん見つけやすいんですよ」

帆香は、ブザーに付属している紐を引っ張った。瞬間、ブザーがけたたましい音を立てた。想像以上の騒音に、待鳥どころか、帆香まで顔をしかめた。

「うるさいなあ……」

待鳥が杖をふったのと、矢のような光線が的確に防犯ブザーを打ち抜いたのはほぼ同時だった。帆香は驚いて、それを取り落とす。かしゃんと、軽い音がして、それで終わりだった。ブザーは永遠に沈黙してしまった。

その時、帆香は、背後に何者かの気配を感じた。恐怖で振り向けない。何者かは帆香から一定の距離を保ち、円を描くように待鳥の隣にたどり着いた。何度も悪夢に見た、巨大な、溶けた蝙蝠のような姿があった。

「ゆめわたり……」

冷静になろうと呼吸を意識したが、干上がることさえできず腐ってしまった水溜《みずたま》りのような臭いが鼻を突いて、むせただけだった。夢渡りは四つん這いの格好で頭を上下に動かし、帆香に向けて息を吐きかけている。

「大人しくしていてくれ。こいつは凶暴ではないけど、何をするかわからないよ。それに、君に興味があるみたいだし」

「どうして私に……？」

「知らない。初めは君のその、レンタルしたっていう魔力に興味があるのかと思ったんだけど、どうもそうじゃないらしい。こいつは何度も君に取り憑こうとして、失敗している」

どうしてだろう。魔力はおろか、器さえ持っていないのに。しかし深く考える間もなく、突然、待鳥が一歩近づいてきた。帆香は同じだけ後ろに下がる。

「そうだ。せっかくだから、もう一度試してみようか。君が意識を失っていてくれれば、俺も気が楽だし」

「……冗談ですよね？」

信じられない。目の前の人間は、こんなに冷徹だっただろうか。

ずるり、夢渡りが動く。溶けたような目が、こちらを見ている。何度も刷り込まれたトラウマが、本物を前にして、予想以上に帆香の足を竦《すく》ませた。

「冗談かどうかは、試してみればわかる」

何か魔法を。そう思うけど、恐怖に頭が働かない。条件反射で出せるような魔法なら何とかなるかもしれないが、果たして役に立つだろうか。

「大丈夫。痛くないよ………、多分ね」

夢渡りの姿が、彼の憑代《よりしろ》のようにくすんで、薄くなった。

バリバリバリ！　突如、夢渡りが踏んでいる床が凍り付き、膜の張った足を床に縫いとめた。

「佐倉！　無事か⁉」

「千夜君……」

声のした方を向くと、杖を構えた千夜が立っていた。階段を駆け上がって来たのか、息を切らしている。

「驚いたな。どうやってたどり着いたんだい？」

待鳥が目を丸くする。

帆香は、床に落ちている防犯ブザーをちらりと見た。

「あれ、本当にまやかしを消す効果があったんだね」

「半信半疑だったのかよ。すぐに音が消えたから、もう見つからないかと思ったぞ」

感心する帆香に、千夜は呆れながらも警戒は怠らず、杖を構えたまま、待鳥と帆香の間に立ちふさがった。夢渡りは足を動かそうと躍起になっている。キィキィと、金属を引っ掻《ひか》くような声を発していた。

「王子様がいたとはね。でも見たところ、待機していたのは君ひとりみたいだ」

待鳥は杖をふり、夢渡りの足元に火を放った。それは燃え広がることはなかったが、氷を溶かしてしまった。夢渡りは自由になる。

帆香は杖を構え直す。もう震えはなくなっていた。しかし、不利なことに変わりはない。どうするべきか、必死に考える。

待鳥が持っているあの瓶を破壊すれば、それを憑代とする怪物も消えるだろうか。少なくとも、待鳥は魔法を使えなくなる。しかしそれは危険な賭けだ。封印されていたものなら、反対に、奴を解放してしまうことになるかもしれない。

千夜は帆香がいる場所まで下がると、素早く耳打ちした。

「今、応援を呼んでる」

海景が教師を呼びに行ったのだろう。魔法喰い事件の騒ぎで、何名かの教師が、寮に常駐しているはずだ。しかし、防犯ブザーが壊されてしまった今、この場所が見つけられるだろうか。少なくとも、時間がかかりそうだ。

自分で、何とかしなくては。

しかし、何かする前に、突然夢渡りがキィキィ声を上げた。その声を初めて聞いた千夜は、顔をしかめた。待鳥は杖を帆香に向けたまま言う。

「千夜君だっけ？　君の魔力は質がいいって、こいつが喜んでる。もしかしたらハロウィンまで待たなくても、君を喰い尽くせば、俺は魔法使いになれるかもしれないな」

待鳥が軽く手を振ると、夢渡りが千夜に向き直った。

「先輩、やめてください！」

「おい、もう説得は失敗してるんだろ」

千夜が杖を持っていない方の手で帆香の肩を押して、後ろに下がらせた。

その瞬間、夢渡りが襲いかかってくる。それを千夜は、間一髪で避け、

「〈凍える冬の制裁を〉」

呪文を唱え、杖を前に突き出す。すると、夢渡りの頭上に幾本もの鋭利な氷柱《つらら》が現れ、そして落ちた。ほとんどは当たって砕けただけだったが、その内の一本が、夢渡りの羽に突き刺さった。不快な叫び声が室内にこだまする。

「わあ、本当に優秀だね。一年生でそんな魔法まで使えるんだ。ただ残念だけど……」

仲間が傷付いているというのに、待鳥はむしろ喜んだ。そしてその余裕の通りに、夢渡りは、あろうことか、自身に刺さった魔法の氷柱を食べだしたのだ。鋭利な牙で、がりがりと氷を削り、あっというまに平らげてしまった。

「そいつに魔法をかければかけるほど、その魔法を吸収してしまうから、意味ないよ」

自分を繋ぐものがなくなると、夢渡りは再度千夜に襲いかかった。帆香はとっさに助

けようと、足を踏み出しかけたが、動かなかった。下を見ると、靴が凍り付いている。冷気が、足を包んだ。

「さっき彼が使った氷の魔法、足止めに結構使えるね。彼は応用力があるみたいだ」

すぐそばで声がして、杖を持っていた方の腕を摑まれた。待鳥がすぐ目の前で笑っている。そのせいで、周囲の様子が見えなくなった。

「離して！」

「佐倉！」

千夜が叫ぶ。また氷が砕ける音がした。それを受けて、待鳥は笑う。

「千夜君、君はよそ見しない方がいいんじゃない？」

「先輩、こんなことやめましょう？　ね？　調べた文献でも、失くし者が本物の魔法使いになれた例はありませんでしたよ。器がどこに存在するかもわからないのに、奪うことなんて、できるはずないじゃありませんか」

「帆香ちゃんもしつこいね」

しかし帆香は、説得するかたわらで、今までほぼ暗記してきたあの魔法書を、頭の中で必死に捲っていた。あれはとても古い本で、そのため今では使わないような呪文も載っていた。ただ、あの本は本来、人を楽しませる魔法が載った魔法書なのだ。この危機的状況の中、役に立つものなどあるだろうか。

いや、双葉が以前言っていた。全ては使う人次第だ。攻撃魔法だって、全て応用なのだ。打開できる魔法はあるはずだ。

「ねえ、よければ君も、こっちの世界に来なよ。俺といっしょに、帆香ちゃんも本物の魔女になるんだ。これで無駄な差別もコンプレックスも消える」

「私の話、全然聞いてなかったんですね」

ドンッ！

すごい音がして、振り返ると、壁に押しやられた千夜が見えた。それに夢渡りが覆いかぶさる。そして夢渡りの姿が、薄れ始めた。影に入り込む気だ。

まずい。器ごと食べられてしまえば、千夜は。

帆香は怒りに任せて、強く杖を握る。

「はなし、なさいよっ！〈散れ！　束の間の花よ！〉」

その呪文は本来、小さな花火を見せる魔法だ。しかし今回はそれを、待鳥の目の前に出現させた。もちろん、自分は強く目を瞑って。

「うぐっ……」

まともに受ければ、しばらくは何も見えないだろう。案の定、うめき声が聞こえて、手が離れた。帆香は素足が凍っていないのをいいことに、靴を脱ぎ捨てて、千夜の方に走る。抵抗はしているようだが、相手の力が強いのか、千夜は全く動けていない。

「〈杯に水を！〉」

大袈裟《おおげさ》に杖をふる。不気味な音がして夢渡りが突然千夜から剝がれた。数歩後退《あとずさ》って、ゴボッと、大量の水を吐き出す。夢渡りの口の中に、水を発生させたのだ。その隙に、千夜がふらふらと距離を取る。どこか怪我をしているのだろうか。急いでこの場から千夜を連れて逃げなければ。前回のように、ペンダントを外してしまえば、この巣から逃げられるだろうか。だが、この場でペンダントを外すのは危険すぎる。

しかし、快進撃もここまでだった。

「佐倉、うしろ……！」

千夜が気付いて叫んだが、遅かった。その時にはもう足首を引っ張られていた。帆香は体勢を崩し、床に全身を打ちつけることになった。そこに、何かがのしかかってくる。何か、なんて愚問だ。

「すごいね。優秀とは聞いていたけど、こんなに優秀だとは思わなかったよ。失くし者といっても、やっぱり血筋か……、俺は段々君が憎くなってきた」

「いっ……」

全力でもがいたが、単純な体格差で、俯《うつぶ》せから仰向けになるので精一杯だった。待鳥の手が伸びてきて、首を絞められるのだと思った。しかし彼がしたのは、帆香の首からペンダントを奪うことだった。金具に力をかけ、引きちぎる。帆香は恐怖に凍り付いた。

「かえして！」

「これが君の魔法の元か」

「かえしてよ……」

「これがないと、本当にただの人間だ」

微笑んで、待鳥はペンダントを夢渡りに投げた。夢渡りが、ペンダントを噛み砕く音を、帆香は絶望の中で聞く。

「ああ、すごいね。ハロウィンの夜に備えて、最近大量に魔力を食べたせいか、すごく調子がよかったけど。ほら見て、君の魔力を食べて、あんなに大きくなった」

待鳥の言う通り、夢渡りは、ひとまわり以上、大きくなったようだった。それは不快な鳴き声をあげたかと思うと、今までとは比べ物にならない速さで、ふらふらと杖を構える千夜に向かって、猛然と襲いかかったのだ。

しかし、もう帆香には、その姿がほとんど見えない。一度認識したせいか、辛《かろ》うじて、声や息といった、気配だけは伝わる。だが、それが何になるというのだ。

「お願い、やめて！」

悲痛な声で、帆香が叫ぶ。

「先輩！　お願いです、やめさせて――」

しかし、念のためにと思ったのか、待鳥の手が伸びて来て、帆香の口を塞いだ。

ズズ、ズズと、千夜の影に、夢渡りが頭を突っ込んだ。千夜が呻く。相手が起きて抵抗しているせいか、夢渡りは思うように影に入れないようだ。けれど、時間の問題だろう。

待鳥はそれを冷酷な顔で眺めている。その間も、帆香は体重をかけられているせいで、動けない。そもそも、もう魔法が使えない。しかし、このままでは、いずれ千夜が。

恐怖に、歯が鳴るほど、身体が震えた。

「どうしてだろう、魔力が増えれば増えるほど、君がおいしそうに見えるよ、帆香ちゃん。砂漠の水みたいだ。あいつを喰い終わったら、やっぱり君にも試してみよう」

もう彼は蝕《むしば》まれているのだ、夢渡りに。こんな時だったが、帆香は待鳥を憐れんだ。

千夜の掠《かす》れた声が聞こえる。こんな絶体絶命の時に、なぜ己の心配をしないのだ。

「佐倉を離せ……」

(いつもそうだ。私のせいで、いつも……)

悔しくて、涙が滲む。

結局誰も助けられない。救えない。

けれど、千夜の声を聞いて、帆香は独りではないことを思い出す。何か、何か考えださなければ。ペンダントは奪われてしまったが、まだ身体のどこかに、魔力が残っていないだろうか。残り香のようなものが。帆香は必死に集中して、身体の中を探す。パニックになっている上に口を覆われているせいか、酸欠のように頭がぼーっとしてきた。しかし意識を失えば最後、帆香の影に夢渡りが入り込む。千夜は喰われる。果ては学園中の生徒が危険に晒されるかもしれない。

滲んだ視界の中、母の魔法を思い出していた。何だか走馬灯みたいで嫌だな、と思った。過去の中の自分は、母の魔法を食い入るように見ている。滅多にあることではなかったが、母が帰って来ていて、祖母が出かけている時なんかに。

「私の小さな魔女さん。覚えておいて。魔法はね、使う人次第なのよ。確かに悲しいことに使う人もいるの。魔法は、人を傷付けることもできてしまうから。だけど、帆香が素敵な人であれば、きっと使う魔法も素敵なものになるわ。魔法は、あなたの手、思考、心そのものなのよ」

「じゃあ、お母さんも、素敵な人なのね？」

「帆香にそう見えるなら、きっとそうね」

母は帆香を見ていただろうか。それとも自身が発した魔法を見ていたのだろうか。とにかく彼女は、慈しむような目をしていて。

帆香は自分もやりたいと言い出したのだ。そうして、母を困らせた。娘は失くし者だから。きっとできなくて、駄々をこねるだろう。けれど帆香自身は信じていた。母のように魔法が使えると。

そして魔法を使ったのだ。さっきみたいな、小さな花火の魔法を。

（使った？　そんなはずない）

走馬灯に向かって苦情を入れる。

だって自分は器を持っていない。どんなに呪文を唱えても、杖をふってみても、花火どころか、魔法が成功したことはない。失くし者なのだ。実際に、今まで一度だって、魔法火の粉ひとつ出なかったはずだ。鏡を見ても、目は碧じゃなかった。しかしその思い出では、確かに帆香は魔法を使っていた。都合のいい記憶の改ざんだろうか。

思い出さなきゃいけないことがある。それも、今すぐに。

その時同時に、帆香の中に、ひとつの画が浮かんだ。帆香は走馬灯の続きだと思っていたが、実際は、ポケットに入っていた魔法具の効果だった。双葉がレンタルの特典でくれた、探し物が見つかる羽根が、その効果を発揮した結果だったのだ。

帆香が見たのは、箱のような物だった。その箱が開かないことはわかっていた。なぜなら鍵がかかっていたからだ。

（鍵が、かかってる……？）

どうして鍵がかかっているのだろう。

どうやったら開けることができるのだろう。

（開けたいな）

でも多分、開かない。帆香には、よくわかっていた。開けて、中を見てみたいけど。きっと開かない。知らず、帆香の左手は、自身の身体をさぐるように動いていた。コートの裾あたりで、何かが手にあたる。形をなぞる。

（星……）

それは、クララと英美がくれた、ラッキースターだった。布袋にいくつか入れて、御守りにしていたのだ。その星のひとつひとつに、ほのかな魔力を感じた。誰かを思いやる、優しい力。優しい魔女たちの手で折られた、小さな星。

帆香は左手でその星たちを潰すように握り、右手で杖を握りしめ、待鳥が持つ銀化瓶に向けた。そして、

「〈箱を閉じよ、鍵をまわせ〉」

ほとんど無意識に、呪文を唱えた。

待鳥に塞がれた口は、もごもごとしか動かなかったが、それで十分だった。

カチリ、どこかで、何かが閉まる音が、帆香の耳に届いた気がした。

突如、夢渡りが苦しんでいるような声を上げ始めた。凄《すさ》まじい勢いで暴れ、千夜の影から這い出して来る。待鳥が手を離し、驚いたように立ち上がった。

「何をしたんだ⁉」

彼は杖をふったが、そこからは何も出なかった。

「何をした⁉」

待鳥はもう一度叫んだが、帆香自身にもわからない。ただ無我夢中で、空気を吸い、咳《せ》き込《こ》んだ。そこに、

「何してんだは、こっちのっ、台詞《せりふ》だぁっ！」

ふらつきながらも千夜が走って来て、叫びながら渾身《こんしん》の力で、待鳥を殴った。鈍い音がして、待鳥は派手に吹き飛ぶ。その瞬間、銀化瓶が落ちて、砕けた。魔力が霧のように、弾ける。瞬間、夢渡りの凄まじい絶叫が聞こえてきた。超音波のようなそれに、鼓膜が破れるのではないかと心配になる。帆香はとっさに耳を塞いだ。

けれど、それは本当に凄まじかった。旧校舎中が震え、揺れ、揺さぶられ、ついに床が崩れた。巣が崩壊したのだ。

全員、落ちていく。しかし、落ちた先は、やわらかい蔦の上だった。衝撃はあったが、骨が折れる音は聞かなくて済んだ。

「おい、あいつのたうちまわってるぞ。お前、何したんだ……？」

「わかんない……、でも多分、とどめは千夜君だよ。あの割れた銀化瓶に、あいつの根源が詰まってたみたいだから」

待鳥は殴られた衝撃か、それとも落ちた衝撃か、完全に伸びていた。

そこに式札の栗鼠が走って来て、しばらくすると、海景自身も走り込んで来た。

「帆香さん、千夜くん！　東海先生ー！　見つけましたー！」

その声を聞いて、ふたりは蔦の中に沈み込んだ。疲れていて、とても口をきけそうになかった。

終幕　魔女の娘

問答無用で、三人とも、麓の町の病院に運び込まれた。あとで知ったのだが、その小さな病院の医師や看護師は全員魔法使いだった。念のために入院させられたが、帆香は擦り傷や軽い打撲くらいで、丸一日ぐっすり眠れば、すぐに元気になった。千夜の方が重症で、夢渡りに齧られたせいで、しばらく魔法は使えないらしい。しかしこれも、今まで被害に遭った生徒たちと同様、器は壊れていないため、一週間もすればよくなると聞いた。待鳥のことは教えてもらえなかった。

どちらにせよ、ペンダントは喰われてしまったため、帆香も魔法が使えない。授業にも出られなかった。二日ほどで退院すると、そこから寮で幽閉生活だ。これは多分、謹慎処分みたいな意味合いもあったのだろう。あの雪のような白い肌を真っ赤に染めた東海に散々怒られたことで、今回の自分勝手な行動を反省するには十分だったのだが。お世話はマカおばさんと英美、それに時々クララがしてくれた。クララの担当は主に、内緒でお菓子を持ってくることだった。時々海景の式札が窓からお菓子を届けてくれることもあって、帆香は自分が、魔女に太らされて食われるヘンゼルのような気分になった。

そして魔法祭当日。帆香はどうにか参加することを許され、しかしその前に学園長室に行くようにと、お達しがあった。

そして今、学園長室の前にいる。この部屋に入るのは、入学したいと乗り込んだ時以来だった。午後も大分過ぎていたが、魔法祭が始まるまでは、まだ時間がある。ノックをして、扉を開けた。

「やあ、よく来ましたね」

菓子谷が出迎える。帆香は、失礼しますと頭を下げてから部屋に足を踏み入れた。

室内は相変わらず本が大量にあって、足の踏み場を探すのに苦労する。前回と同じように黒革のソファを勧められて、同じように浅く座った。

「無事で何よりでした」

自身も帆香の前に腰かけながら、菓子谷は言った。

「あの……、すみませんでした。勝手なことをして」

深く頭を下げる。

「いや、確かに東海君は怒っているが、私は君なら大丈夫だと思っていましたよ。もちろん、いいことだとは思っていないけどね」

顔を上げると、微笑んでいる菓子谷と目が合う。どうやら怒られるために呼ばれたわけではなさそうだ。帆香は少しだけ姿勢を楽にした。

「あの、せんぱ……待鳥先輩は、どうなるんでしょうか？」

いちばん気になっていたことを尋ねると、菓子谷は悲しそうな顔をした。

「退学処分です。それに、彼は、自分では正気のつもりだったでしょうが、実際は魔法具にひどく侵食されていた。しばらく、安静にしなくてはならない」

「そうですか……」

「思い出すのはつらいでしょうが、今回の件を、私にも詳しく聞かせてもらえますか？」

帆香は頷いて、ぽつりぽつりと語りだした。自分が事件に関わった発端から、自分の手で解決したかった理由、それに旧校舎に入ってからのことも。つたない語り口だったが、菓子谷は辛抱強く聞いていてくれた。途中、小湊がお茶を持って入ってきた時以外、話が途切れることはなかった。

「うん。ありがとう。よくわかりましたよ」

話し終わると、菓子谷は帆香にお茶を勧めた。帆香は素直に、温かいお茶を飲む。ラベンダーの強い香りが鼻を抜けていく。

すると、急に、切なくなった。夢渡りに侵食されていたということは、旧校舎で見た彼はやはり、本当の姿ではなかったのだ。心の弱さに、付け込まれてしまっていただけで。魔法具は、使う人間次第であることは確かだが、それ自体にも意思があるとしたら、人間ばかりの罪とも言えないだろう。

やはり、助けたかったと思う。

「あの魔法具は、夢渡りはどうなったんですか？」

「安心しなさい。こちらできちんと対処しました」

「あれは、何だったのでしょうか？」

「古い物です。海を漂流した跡がありましたが、恐らく、魔法喰いが作った魔法具でしょうね。今割れた破片を調べていますよ」

魔法喰い。その言葉を聞くと、背筋が冷たくなる。無意識に制服のスカートを握った帆香を見て、菓子谷は迷うような素振りを見せつつ、

「鍵の話を、聞きますか？」

静かに、そう問いかけた。

窮地に陥った時、思い浮かんだ、鍵のかかった箱。あのあと、双葉からもらった羽根がなくなっていた。つまりあれは、帆香の探し物だったということになる。

直感的に、あまりいい話ではないのだろうなと思った。けれど、聞かないわけにはいかなかった。怖がっていては先に進めない。

「……聞かせてください。知りたいんです」

「わかりました。本当は、君が卒業するまで、黙っておくつもりだったのですが。今回の事件を考えると、あなたも理由を知らなければならないでしょう」

菓子谷は、ひとつ呼吸をすると、ゆっくり話し始めた。

「まず、最初に言っておきますが、私と薫《かおる》さんは、古い知り合いです」

「祖母と？」

薫さんというのは、佐倉薫、帆香の祖母の名だ。祖母も魔女だったのだから、学園長と知り合いでもおかしいとは思わないが、どうして祖母の名前が出てくるのかはわからなかった。

「佐倉家というのは、代々魔女の名家です。そして同時に、鍵かけの魔法が使える家系でもある」

「鍵かけの魔法……？」

「あなたもやったでしょう？　魔力を入れる容器、つまり器に、鍵をかけることができる魔法です」

「あの時は、夢中で……」

正直、ぼんやりとしか覚えていない。

「鍵かけの魔法は、要は封印の魔法だから、人間には無害でも、魔法使いたちには脅威ですね。鍵をかけてしまえば、魔法が使えなくなる。太古は、それで統制していたのでしょう。現在は、あまり使い道が思い付きませんが……」

確かに、魔法使い同士の戦いの場においては役に立ちそうだが、他にこれといって使い道が思い浮かばない。今回は特殊な例としても、現代で魔法使い同士が戦う場もそうない。しかし、魔法嫌いの祖母が、孫に魔法を使わせないために鍵をかけることは、あり得るかもしれない。自身の中にあった、鍵のかかった箱を思い出しながら、帆香は学園長に確かめるような視線を向けた。菓子谷は頷いた。

「そうです。薫さんは、あなたに鍵をかけた。その鍵は、今も閉じられたままだ」

「じゃあ、本当は私、魔法が使えるんですか……？」

興奮を抑えようと、胸に手を置く。けれど歓喜と同時に、祖母や母に対して恨めしい気持ちも湧いた。祖母が魔法を嫌うのは、本人の自由だ。しかし孫が魔法を愛してやまなかったことも知っているはずだ。それなのに、鍵をかけ、知らないふりをした。お前は失くし者で、魔法が使えないと、平然と言い放ったのだ。

　母だって、そのことを知らないはずがなかった。それなのに、帆香に憧れだけを植え付け、失くし者であることには触れなかった。

　その気持ちを酌《く》んだのか、菓子谷は控えめに話を続けた。

「薫さんを責めないであげてください。それに、話はこれで終わりではないのです。有力な、鍵かけの魔法を使う一族。魔法を食すようになった者たちにはそれが、とても魅力的に映ったのでしょう。そして時と共に、我々の力は弱くなった。鍵かけの一族も、例外ではなかった。しかし彼らの多くが魔法喰いに対抗する力を持たなくなっても、魔法喰いたちには、その一族が魅力的に映ったまま……」

　帆香は黙って耳を傾けた。

「舞さんの妹さんが、亡くなったのは、あなたが生まれる前でしたね？」

「……はい。そうです」

　あまり詳しく聞いたことはなかったが、母に妹がいて、病気で亡くなったことは知っている。

「妹さんは、魔法喰いに殺されたんです」

「え……？」

　ショッキングな言葉に、帆香は瞬きさえ忘れる。

「だが妹さんが亡くなった時代には、もう魔法喰いは昔話だった。どれだけ訴えても、誰も取り合ってくれなかったと、当時薫さんは大変嘆いていましたよ。彼女の絶望は想像を絶します。娘を殺されて、どうにもできなかったのだから。それから彼女は、魔法自体を憎むようになってしまった。学園にいた頃は、あなたと同じように、魔法が大好きなお嬢さんでしたよ」

　当時を偲《しの》んだのだろう、菓子谷は静かに目を閉じ、しばし黙禱《もくとう》した。

　初めて聞く話ばかりで、帆香は少しばかり混乱していた。優梨が言っていた、魔法喰いと関わりがあるという噂は、本当だったのだ。ただし、加害者ではなく、被害者側だったが。

菓子谷の話はまだ続いた。

「そしてもうひとつ。その魔法喰いは、捕まっていないんです。だから薫さんはあなたを守るために、鍵をかけ、普通の人間として育てることにした。夢渡りが、あなたから魔力を奪えなかったのは、そのせいです」

「……………そう、だったんですか……」

先ほどの恨めしさは、すっかり消えていた。待鳥が、しきりに帆香を「おいしそう」と言っていたのを思い出した。あれは本来、魔力を食す生き物である、夢渡りの言葉だったのだ。

あの時、言い表せないほど怖かった。母の妹の命を奪った犯人は、まだ捕まっていないという。帆香が狙われない保証なんて、どこにもないのだ。

何かを思い出したのか、菓子谷が苦笑する。

「薫さんとは、あなたが生まれたあとも、何度か連絡をとったことがありましてね。何でも、生まれた瞬間に鍵をかけたのに、あなたは一度自分の力で鍵を壊し、魔法を使ったことがあるそうですよ。よほど魔法への憧れが強かったのでしょう。再度、より強力なものをかけ直したと言っていましたが」

走馬灯のように見た光景。母の真似をして魔法を使ったあの光景は、都合のいい憧憬ではなかったらしい。

「母が、私に魔法を見せてくれたんです。私、それで自分もやりたくなって」

「舞さんが流浪の魔法使いになったのは、あなたのためですよ」

「私の？」

菓子谷は真剣な顔で頷いた。

「流浪の魔法使いは、自由に動きまわることができる。まだ捕まらない犯人の後を追うのには都合がよかった。それにあなたのそばにいると、またあなたは自力で鍵を解いてしまうかもしれない」

「だから…………、母は、帰って来なくなったんですね」

また娘を危険に晒してしまうから。その中には、恐らく、彼女が祖母とは違い、魔女であることをやめられなかったせいもあるのだろうが。あの慈しみに満ちた瞳は、帆香にも、魔法にも、どちらにも向けられていたのだ。

帆香はそれを、どう思えばいいのかわからない。母の愛を独り占めできないことを嘆けばいいのか、自分が失くし者だから見捨てられたわけじゃなかったと喜べばいいのか。ただひとつ言えることは、帆香自身も、魔法に嫉妬できないほど、それが好きだということだ。

小さな花火の魔法。母の愛に満ちた微笑み。描き続けた夢。

そして今は、魔法使いの友人たちがそばにいる。

「……あの、学園長。この鍵は、祖母じゃないと、外せないのでしょうか？」

あの夜の恐怖を忘れてはいない。それでも、魔法を使うことを諦めたいとは、帆香にはどうしても思えなかった。たとえそれが、祖母の願いだったとしても。

しかし祖母は帰らぬ人だ。もし彼女にしか解けない魔法だとしたら、帆香はやはり、今まで通り失くし者ということになる。

帆香が聞いてくることを、菓子谷は最初からわかっていたみたいだった。

「あなたのその熱意を、薫さんもちゃんとわかっていましたよ。だから私と連絡を取り合っていたんです」

「おばあちゃ、祖母が……？」

目頭が熱くなる。何かと厳しい祖母だったが、魔法のこと以外では、甘やかされた記憶もあった。

「だいたいこういう魔法には、解除条件があるものだ。あなたの場合は、ひとつめは、この魔法学園をきちんと卒業すること。もうひとつは、自分の力で身を守れるほど、魔法の力に長けること、だ。そうすればいずれ、鍵は外れる」

確かに、魔法喰いに対抗する、という意味で必須の条件だ。

「具体的には、どういうことなんでしょう？」

「流浪の魔法使いの試験に合格することです」

「流浪の魔法使いの試験って、成績優秀者しか受けられなくて、すごく難しい、あの？」

「そうですね。つまりお母さんくらい、優秀な魔法使いにならなくては、その鍵は開かないということだ」

何ということだ。憧れの母を超える気でいかなければ、魔女になれないとは。今までも努力してきたが、それ以上に、それこそ死ぬ気で学ばなければならない。それでも、母を超えられるかどうか。

そして、

「でもそれって本来、無理じゃないでしょうか？　だって、魔法が使えないと学園には入学できなくて、学園に入学しないと魔法が使えないってことですよね？」

詰んでいるではないか。

すると、菓子谷は笑った。それはそれは楽しそうに。立派な髭が、小刻みに揺れた。

「まさか月額の魔法レンタルが存在するなんて、当時の薫さんは、想像もしなかったでしょうね」

「やっぱり、私を魔女にする気なんて、ちっともなかったんじゃないですか」

思わず帆香は、子供っぽく唇を尖らせた。

「だが、あなたは入学してきたでしょう。それくらいの熱意がないとだめだと、薫さんも思ったんでしょう。あなたを愛していたからこそだ」

そう言われてしまうと、帆香は何も言い返せなかった。母がいなかった分、祖母が愛情を注いでくれたのは事実だ。

笑っていた菓子谷は、すっと真面目な顔になって言う。

「薫さんは学園内なら安全だと思って解除条件の中に入れたのに、危険な目に遭わせてすまなかったね」

「いえ、今回のことは、私が勝手に……」

「それでも、君に何かあれば学園の、私の責任だ。今後、無茶はしないでほしい。君になにかあれば、彼女との約束を守れなかったことになる」

「……わかりました」

帆香の返事を聞いて、菓子谷は話を終わりとしたのだろう。ポケットから、水玉の包み紙にくるまれたキャンディをふたつ取り出すと、帆香の手に載せ、

「ひとつは外で待っている子にあげなさい。さあ、そろそろ魔法祭が始まるだろう。楽しんできなさい」

そう言って、にっこりと笑った。

＊

意外なことに、廊下で待っていたのは千夜だった。クララかと思っていた帆香は、目を瞬《しばたた》いた。学園に戻ってから、彼に会うのは初めてである。

「あれ？　千夜君も呼ばれてたの？」

「佐倉を探してた。胡桃に聞いたら、ここにいるって聞いたから、待ってた」

「私を？」

「あいつが、これを渡せって」

「あいつって……双葉さん？」

千夜が渡してきたのは、細長い箱だ。開けると、丸い水晶の付いた、ペンダントが入っていた。水晶内は、魔力で満たされている。

「これ……」

「魔法祭に出るのに、これがないと不便だろ。お前に過失はないから、一年保証で新しいのと交換だってさ」

まさかここで携帯電話みたいな契約が役に立つとは思わなかった。価値が計り知れないため、弁償になったらどうしようと不安だったのだ。帆香は心の中で双葉に手を合わせる。まだまだこれにお世話にならなくてはならないのだ。本当に。

「ありがとう。これで堂々と歩けるよ」

千夜に飴《あめ》を渡しながら礼を言って、ペンダントをかける。そうすると、何だかもう、とても安心感があった。やはりこれがないと落ち着かない。

「クラスの奴らには、たまたま俺たちが巻き込まれたって話になってるから、そういう体でいろよ」

「わかった。それより、もう身体は平気？」

「ああ、もう魔力も戻った」

「あの……、ありがとう。助けに来てくれて」

本当は、防犯ブザーが鳴ったら、すぐに教師を呼びに行ってと伝えてあったのだ。それにもかかわらず、千夜は駆けつけてくれた。彼がいなかったら、どうなっていたかわからない。魔力が見つからないからと、夢渡りに頭からばりばり食べられていた可能性だって、ないわけじゃなかったのだ。

千夜はため息を吐いた。

「本当だ。猛省しろ」

やはり返す言葉がない。

帆香が猛省していると、千夜がぶっきらぼうに言った。

「……あんな奴、庇《かば》うことなかっただろ」

庇うとは、病院で東海に、二人そろってお説教をくらっていた時のことだろう。帆香が、待鳥は魔法具に操られていただけだと力説したのだ。

帆香は自嘲気味に笑った。

「うん。でも、私がつらかった時、ずっと助けてもらっていたの。だから、どうしても、ほっとけなかったんだよね」

「……ふうん」

千夜は苦虫を噛み潰したような顔をしていて、確かに彼にかけた迷惑の数々を思い返すと、申し訳なさ過ぎて、いたたまれない。何となく気まずい沈黙が流れた。

渡すものを渡したら、千夜はさっさと戻るかと思っていたが、意外にも彼は会話を続けた。

「そういえば、クラスの展示は、無事に完成したらしいぜ」

「私、発案者なのに、最後はちっとも手伝えなかったよ……」

何か手伝えないものかとも思ったのだが、英美に禁止させられていたのだ。休んでいた間は、ずっと彼女が取ってくれたノートを写していた。授業に出てはいけないという罰は、帆香には効果てきめんだったのだ。ちなみに、同じクラスであるクララのノートが必要だったのだが、ラクガキだらけでとても読めたものではなかった。

「仕方ないだろ、一応、絶対安静だったんだから」

千夜は特に気にした様子もない。

「見に行ってもいいのかな……」

「何で遠慮する必要があるんだ」

「そうなんだけど……」

「見たいんだろ？」

「そりゃ見たいよ」

「めんどくさい奴だな。行くぞ」

そう言って千夜が歩き出したので、帆香は慌ててあとを追った。

学園長室に向かう時は緊張してまわりをよく見ていなかったが、改めて学園内を見まわすと、あちこちにハロウィンの飾り付けがされていた。

元々人間が位置付けるハロウィンは、死者が戻ってくる日、日本で言うお盆みたいな日だ。そして光の季節が終わる日でもある。この不思議な日は、確かに地上に力が満ちるのだ。魔法使いたちは昔から、この日を大切にしてきたという。

その力が、帆香の中にも入ってきたのか、気分が高揚してきた。祭りのせいかもしれなかったが。

中庭に出ると、もう薄暗くて、だからとても美しかった。

「わあっ、きれー……」

思わず感嘆の声が漏れる。

円形の池は、魔法の灯りで満たされていた。周囲の木々にはランタンが吊るされ、池の上にはジャックオランタンを積んだ小さな船と、帆香たちが作った灯籠が浮かんでいる。そして、空を映す黒い水の中に、無数の光の玉が沈んでいた。まさに、星空が池に落ちてしまったような光景だった。

世界が、きらきらして見えた。

この先に希望があると知ったから、余計にそう見えるのかもしれない。昔から、努力は得意だ。何せ、叶わないと思っていたころから、がむしゃらにがんばってきたのだから。それが難しいとはいえ、少しでも叶う可能性があるとわかったのだ。もう何だってがんばれる気がする。

人気がなかったため、遠慮なく池に駆け寄って、見下ろす。

「流星群の夜も綺麗だったけど、これもすごくいいね」

「落ちるなよ」

「もう落ちないよ」

落下の件も、ちゃんと猛省しているのだ。

「そういえば、どうしてこの企画に、賛成してくれたの？」

クラスで帆香が発案して妙な空気になった時、千夜が真っ先に賛成してくれたのだ。あれのお陰で決まったようなものだった。

「何でって、いいと思ったからだよ。他に何かあるのか？」

千夜は当たり前のように言った。

「ううん。でも、うれしかったから」

「……あっそ」

帆香は微笑んだ。出会いは最悪だったのに、本当に、何度も助けてもらった。千夜からすれば何気ないことでも、帆香にとっては大きな支えになったのだ。いつか恩返しができたらいいのだけれど。

ふたりは、しばらくそうやって、星空の池に見入っていた。

すると、

「あ、帆香ちゃんいたー！　探したんだよ！　もうすぐ、かがり火始まっちゃうよ！英美ちゃんの晴れ舞台だよ！」

遠くで、クララが手を振りながら呼んでいる。

「今行くー！」

帆香も手を振り返した。

「もう始まるんだな。どうりで人がいないと思った」

千夜が腕時計で時間を確かめながら言った。

「行こう、千夜君！」

帆香は待ち切れなくなって、千夜の腕を取って駆けだす。

きっとこれからも、魔法に満ちた夜が続くと信じながら。

終わり

あとがき

アイディアが生まれる瞬間というものがあります。だいたいそれは、熟考という努力を嘲笑《あざわら》うかのごとく、思いもかけないタイミングで出てくるものです。だから思い付いたことをすぐにメモするようにしているわけで。いわゆるネタ帳ですね。

このお話は、そんなネタ帳の隅に書いた「魔法レンタル（月額制）」というメモから始まりました。いつ書いたのかも覚えていない、落書きのようなメモが、広がって、繋がって、本になって、こうして誰かの手に触れているというのは、何だかとても不思議な、くすぐったい気分です。

ちなみにこのメモを書いた時期は全く覚えていませんが、書いた理由は思い出せそうですよ。恐らく、「昨今は色んなレンタルサービスが充実しているから、魔法を貸し出す魔女だっていてもいいだろう」です。だから舞台も現代のどこかです。現代の魔法事情って、想像するだけでも楽しいですよね。世界の謎が明らかになるにつれて、きっと彼らは巧妙に隠れる手段を編み出すのでしょう。

今回はそこに、担当さんの「魔法学校の話を書いてみませんか？」という魅力的な提案と合わさって、「魔力を借りないと魔法学校に入れない少女の話」となりました。

執筆中の話でいえば、私はよほど空を飛ぶことについて考えていたようで、ある夜、ついに箒に乗って飛ぶ夢を見ました。正確には、箒に乗って浮かぶ夢です。乗って宙に浮くところまではよかったものの、その後箒はうんともすんとも動かなかったのです。夢の中の私は、どうやら何かから逃げていたらしく、緊急事態だったのですが。だめでした。きっと、魔法使いの血筋ではなかったのでしょう。
だけど、夢なんだから、自由に飛べばよかったのに。悔しいので、次があればもう少しがんばってみようと思います。

最後になりましたが、この本に関わってくださった全ての方に感謝を。あなたが手に取ってくれたこの本の片隅を借りて、お礼申し上げます。

冬月《ふゆつき》いろり

<初出>

本書は書き下ろしです。

メディアワークス文庫

魔《ま》女《じょ》の娘《むすめ》

冬《ふゆ》月《つき》いろり

2021年９月25日　初版発行

発行者　青柳昌行
発行　株式会社KADOKAWA
〒102-8177　東京都千代田区富士見2-13-3
0570-002-301（ナビダイヤル）
装丁者　渡辺宏一（有限会社ニイナナニイゴオ）
印刷　株式会社暁印刷
製本　株式会社暁印刷

Printed in Japan
ISBN978-4-04-913821-4 C0193

メディアワークス文庫　https://mwbunko.com/

本書に対するご意見、ご感想をお寄せください。

あて先
〒102-8177　東京都千代田区富士見2-13-3
メディアワークス文庫編集部
「冬月いろり先生」係

メディアワークス文庫

その冬、彼は遅すぎる初恋をした。
これは、〈虫〉によってもたらされた、
臆病者たちの恋の物語。
恋する寄生虫
三秋 縋
イラスト／しおん
「ねえ、高坂さんは、こんな風に考えたことはない？　自分はこのまま、誰と愛し合うこともなく死んでいくんじゃないか。自分が死んだとき、涙を流してくれる人間は一人もいないんじゃないか」
失業中の青年・高坂賢吾と不登校の少女・佐薙ひじり。一見何もかもが噛み合わない二人は、社会復帰に向けてリハビリを共に行う中で惹かれ合い、やがて恋に落ちる。
しかし、幸福な日々はそう長くは続かなかった。彼らは知らずにいた。二人の恋が、〈虫〉によってもたらされた「操り人形の恋」に過ぎないことを――。

発行●株式会社KADOKAWA